L'EXÉCUTEUR

BAIN DE SANG POUR LA MAFIA

DÉJÀ PARUS

- N° 1 : *Guerre à la Mafia*
- N° 2 : *Massacre à Berverly Hills*
- N° 3 : *Le masque de combat*
- N° 4 : *Typhon sur Miami*
- N° 5 : *Opération Riviera*
- N° 6 : *Assaut sur Soho*
- N° 7 : *Cauchemar à New York*
- N° 8 : *Carnage à Chicago*
- N° 9 : *Violence à Vegas*
- N° 10 : *Châtiment aux Caraïbes*
- N° 11 : *Fusillade à San Francisco*
- N° 12 : *Le blitz de Boston*
- N° 13 : *La prise de Washington*
- N° 14 : *Le siège de San Diego*
- N° 15 : *Panique à Philadelphie*
- N° 16 : *Le tocsin sicilien*
- N° 17 : *Le sang appelle le sang*
- N° 18 : *Tempête au Texas*
- N° 19 : *Débâcle à Detroit*
- N° 20 : *Le nivellement de New Orleans*
- N° 21 : *Survie à Seattle*
- N° 22 : *L'enfer hawaiien*
- N° 23 : *Le sac de Saint Louis*
- N° 24 : *Le complot canadien*
- N° 25 : *Le commando du Colorado*
- N° 26 : *Le capo d'Acapulco*
- N° 27 : *L'attaque d'Atlanta*
- N° 28 : *Le retour aux sources*
- N° 29 : *Méprise à Manhattan*
- N° 30 : *Contact à Cleveland*
- N° 31 : *Embuscade en Arizona*
- N° 32 : *Hit-parade à Nashville*
- N° 33 : *Lundi linceuls*
- N° 34 : *Mardi massacre*
- N° 35 : *Mercredi des Cendres*
- N° 36 : *Jeudi justice*
- N° 37 : *Vendredi vengeance*
- N° 38 : *Samedi minuit*
- N° 39 : *Traquenard en Turquie*
- N° 40 : *Terreur sous les Tropiques*
- N° 41 : *Le maniaque du Minnesota*
- N° 42 : *Maldonne à Washington*
- N° 43 : *Virée au Viêt-Nam*
- N° 44 : *Panique à Atlantic City*
- N° 45 : *L'holocauste californien*
- N° 46 : *Péril en Floride*
- N° 47 : *Épouvante à Washington*
- N° 48 : *Fureur à Miami*
- N° 49 : *Échec à la Mafia*
- N° 50 : *Embuscade à Pittsburgh*
- N° 51 : *Terreur à Los Angeles*
- N° 52 : *Hécatombe à Portland*
- N° 53 : *L'as noir de San Francisco*
- N° 54 : *Tornade sur la Mafia*
- N° 55 : *Furie à Phoenix*
- N° 56 : *L'opération texane*
- N° 57 : *Ouragan sur le lac Michigan*

DON PENDLETON

L'EXÉCUTEUR

BAIN DE SANG POUR LA MAFIA

Photo de couverture : PICTOR INTERNATIONAL

La loi du 11 mars 1957 n'autorisant, aux termes des alinéas 2 et 3 de l'article 41, d'une part, que les *copies ou reproductions strictement réservées à l'usage privé du copiste et non destinées à une utilisation collective*, et d'autre part, que les analyses et les courtes citations dans un but d'exemple et d'illustration, *toute représentation ou reproduction intégrale ou partielle, faite sans le consentement de l'auteur ou de ses ayants droit ou ayants cause, est illicite* (alinéa 1er de l'article 40). Cette représentation ou reproduction, par quelque procédé que ce soit, constituerait donc une contrefaçon sanctionnée par les articles 425 et suivants du Code pénal.

© 1986, PLON/HUNTER.
ISBN : 2-259-01395-3

CHAPITRE PREMIER

La Porsche turbo à la peinture gris métallisé se confondait avec les autres véhicules sur le parking, dans l'enfer diluvien du jour naissant. Le grand homme assis au volant paraissait endormi ou tout au moins somnolent depuis qu'il avait garé son bolide entre deux grosses conduites intérieures. Il n'en était pourtant rien. Ses sens étaient constamment en alerte et ses yeux fouillaient l'environnement, cherchant à détecter le moindre mouvement perceptible à travers l'océan qui se déversait du ciel et crépitait rageusement sur la carrosserie de la Porsche.

Un Beretta 9 mm muni d'un gros réducteur de son était posé sur les cuisses de Mack Bolan qui portait un sobre costume de ville sombre. Moteur tournant au ralenti, le véhicule était adossé au mur bordant une partie du parking, le capot pointé sur l'allée qui desservait les deux accès, l'un donnant sur une petite rue de Covington, l'autre sur les bords de l'Ohio River. Ainsi, l'Exécuteur pouvait en cas de danger opérer une sortie en force et en rapidité.

Deux coups de tonnerre retentirent à peu de distance et à moins de deux secondes d'intervalle. C'était un temps de fin du monde. Il faisait froid. La pluie torrentielle et le vent brutal procuraient la sensation qu'il allait se produire une catastrophe dans les quelques heures à venir. Cincinnati ressemblait à une ville maudite contre laquelle se déchaînait la fureur des dieux. Mais c'était un temps qui convenait aux desseins de l'Exécuteur. Il lui manquait encore des données pour décider de quelle façon il allait entamer son action locale, mais sa conviction instinctive était que son prochain blitz, sa guerre éclair, se déroulerait à Cincinnati dans un délai extrêmement court.

Un nouveau coup de tonnerre d'une violence extrême s'accompagna tout de suite après d'un redoublement de pluie qui fit baisser la luminosité ambiante au point que l'on eût pu se demander si la journée ne s'était pas brusquement écoulée à un rythme démentiel pour s'engloutir aussitôt dans la nuit. Par un curieux enchaînement d'idées, Bolan pensa à la légende de Diogène le Cynique, selon laquelle le philosophe grec aurait, une nuit, parcouru les rues d'Athènes en tenant une lanterne à la main en affirmant à qui voulait l'entendre : « je cherche un homme ». Bolan, lui, ne cherchait pas un homme mais une quantité difficilement estimable d'hommes, si tant est que ce qualificatif pût être rattaché au grouillamini d'individus crépusculaires composant « l'Honorable Société ». Autrement dit, la Cosa Nostra, la Mafia américaine. Il les cherchait à toute heure du jour et de la nuit, inlassablement. Il les traquait en tout lieu sans le moindre répit, apparaissant tel un éclair, de la côte Est à la côte Ouest. Pour les tuer. Pour en éliminer le plus possible bien qu'il sût depuis longtemps que la Mafia renaissait toujours très vite de ses cendres, sous une autre forme et souvent avec un nouveau champ d'action, mais immanquablement avec des méthodes au moins aussi néfastes.

Depuis le jour funeste où les *amici* avaient anéanti sa famille à Pittfield, Bolan le Soldat était devenu Bolan l'Exécuteur. Eliminer la racaille malfaisante de la Cosa Nostra était devenu sa seule raison de vivre. Il était entré de plain-pied dans un monde de ténèbres dans lequel la notion de futur n'existait pas, ne lui laissait en aucune manière la possibilité d'échafauder des projets. Il ne vivait plus que l'instant présent, s'appuyant sur le passé et y puisant des forces constamment renouvelées pour continuer sa croisade sanglante. Ses rares amis — il pouvait les compter sur les doigts d'une main — s'apitoyaient souvent sur son sort. A l'occasion, lorsqu'ils se rencontraient, ils disaient de lui que c'était la pire chose qui puisse arriver à un être humain que d'être coupé irrémédiablement de son futur, de son avenir d'homme libre, et de n'avoir pour seule solution que de poursuivre inlassablement sa guerre en sachant très bien qu'elle n'aurait jamais de fin.

Bolan, lui, ne philosophait pas. Il n'en avait guère le temps. Ses pensées étaient plus précisément assujetties à la préparation de plans de batailles ou de coups durs qu'il pouvait porter au cancer de la Mafia. Cependant, il n'était aucunement déshumanisé et il lui arrivait parfois, entre deux actions ou lorsqu'il accordait un peu trop d'attention au sillage infernal qu'il laissait derrière lui, de se sentir las, infiniment las et désabusé. Alors, il lui suffisait de se remémorer l'image de sa petite sœur Cindy écartelée sur l'autel de la démence humaine pour retrouver toute sa combativité.

En la minute présente, Bolan ne réfléchissait à rien de particulier. Il était en attente de renseignements et restait attentif à l'environnement, toutes antennes dehors.

Il s'était écoulé une vingtaine de minutes depuis son arrivée sur le parking lorsqu'il entendit un vague bruit de moteur allant decrescendo. Trente secondes s'écoulèrent encore avant qu'il puisse distinguer une forme mouvante qui progressait lentement le long d'une rangée de véhicules. La forme s'arrêtait parfois, comme indécise et prudente. Bolan fit un bref appel de phares, vit aussitôt la silhouette se rapprocher à grands pas dans la tourmente et tendre la main vers la portière. L'homme de petite taille plongea littéralement dans l'habitacle de la Porsche, apportant avec lui une rafale d'air glacé et de pluie. Puis la portière se referma avec un bruit ouaté.

Léo Turrin était ruisselant d'eau. Ses cheveux lui collaient au front et aux tempes et de grosses gouttes d'eau restaient accrochées dans ses sourcils. Il sortit un mouchoir et s'épongea hâtivement, puis il se tourna vers Bolan.

Les deux hommes s'observèrent silencieusement pendant de longues secondes. Enfin, l'agent fédéral esquissa un sourire et dit :

— Ça fait un sacré moment, hein ?
Bolan lui rendit son sourire.
— Oui. Quelques siècles.
Puis, sans autre préambule, il enchaîna :
— Qu'est-ce qui t'amène, Léo ?
— Une drôle d'histoire qui pourrait bien avoir des retentissements internationaux.
— Ici, dans cette cité ?
— C'est sans doute parce que cette ville a la réputation d'être tranquille que les *amici* l'ont choisie, soupira Turrin.
— Pourquoi as-tu parcouru plus de quatre cents kilomètres pour venir me dire ça ? Hal aurait pu m'expliquer au téléphone.
Hal Brognola était à la fois un ami de Bolan et un super-flic qui avait quitté le *Justice Department* pour prendre la direction des Services spéciaux du FBI placés sous les ordres de la Maison-Blanche.
Turrin poussa un nouveau soupir.
— Il est empêtré dans des problèmes complètement dingues, expliqua-t-il. Une nouvelle commission sénatoriale d'enquête a été nommée le mois dernier et ces petits gars fouillent partout, y compris dans les corbeilles à papier, et Hal craint aussi qu'on ait branché des punaises téléphoniques.
— Habituellement, on communique en se servant du SCR, fit observer Bolan.
Il s'agissait d'un système codeur-codeur rendant, en principe, impossible toute interprétation d'une conversation téléphonique en cas d'interception.

L'agent fédéral alluma une cigarette puis répliqua :

— Tu sais comme moi que la technologie progresse vite. Une section de la CIA a été récemment équipée d'appareils qui permettent le décodage des transcriptions SCR. Ce sont des trucs couplés à des ordinateurs. Hal pense qu'on peut très bien lui avoir collé un de ces bidules sur ses circuits. Il faut que tu saches qu'une véritable psychose s'est installée au sein du FBI depuis la nomination de cette commission d'enquête. On dit que des têtes doivent tomber.

— Ce n'est pas la première fois qu'il est confronté à ce genre de problème et il s'en est toujours bien sorti.

— Cette fois, c'est du sérieux. Certains politicards ont déjà mis officieusement des mouches sur l'opération et des fouille-merde comme ceux du *Washington Post* ont sonné l'hallali, enregistreurs en bandoulière et porte-plume entre les dents, à l'affût d'informations bien dégueulasses. Imagine ce qui se passerait si on apprenait officiellement que le responsable des Services Spéciaux de l'*Executive Mansion* couvre en douce Mack Bolan. La Maison-Blanche comme parrain occulte de l'Exécuteur, ça ferait plutôt mauvais effet, non ?

— Mais pourquoi toi ? questionna Bolan. Je veux dire, pourquoi n'a-t-on pas envoyé Phil Necker pour établir ce contact ?

— Necker est presque dans la même position que moi lorsque j'ai été obligé de quitter le circuit de la Mafia sous peine d'y laisser ma peau. Il y a eu des purges nationales depuis quelques semaines, à la suite de tes interventions au Texas et dans le Michigan. A Manhattan, ils sont tous plus ou moins à se regarder comme s'ils s'étaient mutuellement fauché leurs portefeuille.

— Ouais. Parle-moi de cette drôle d'histoire, Léo.

L'agent fédéral tira sur sa cigarette avant de poursuivre :

— Le nom de Deborah Keller te dit quelque chose ?

— Vaguement, oui. C'est une comédienne...

— Exact.

Turrin eut un petit rire :

— Je n'imaginais pas que tu avais le temps d'aller au cinéma.

— J'ai dû lire son nom dans la presse ou le voir sur des affiches. Mais ce n'est pas d'aujourd'hui.

— Toujours exact. Elle ne tourne plus depuis bientôt un an. Ça n'a jamais été une grande vedette, bien qu'elle ait un châssis et un minois à faire défroquer un régiment de moines.

A son tour, Bolan se ficha une cigarette entre les lèvres et fit claquer un briquet tandis que le fédé poursuivait :

— Elle ne tourne plus depuis qu'elle s'est mariée à un haut fonctionnaire du Pentagone, un nommé Dwight Emmerson. Lui a presque la cinquantaine et elle à peine trente. Emmerson en est tombé amoureux il y a un an de ça. Il l'a rencontrée dans un cocktail mondain et tout de suite, ça a été le coup de foudre. Ça peut se comprendre, avec la différence d'âge. Il paraît aussi que ça a été réciproque et Emmerson donne l'impression de ne plus vivre que pour ses beaux yeux.

— Un conte pour roman-photo ou feuilleton télévisé.

— Ouais, tout à fait. D'après ce qu'on sait, c'est elle qui aurait décidé de laisser tomber sa carrière artistique pour se consacrer entièrement à son époux. Peut-être que cela correspond à un rêve de jeunesse, il y a des bonnes femmes comme ça qui, brusquement, changent radicalement de façon de vivre par amour.

Turrin eut un ricanement et sortit une photo imprimée sur un petit dépliant publicitaire qu'il tendit à Bolan.

— Voilà la bête, commenta-t-il.

L'Exécuteur examina le document qu'il plaça ensuite dans sa poche.

— Où est le problème ? demanda-t-il.

— Emmerson est un vieil ami de Hal. Ils se sont connus à l'université. Il était professeur de gestion opérationnelle tandis que Hal suivait ses cours. De temps en temps, au moins une fois par an, ils se rencontrent et se rappellent leurs souvenirs de potaches.

Turrin marqua une pause pour écraser son mégot dans le cendrier de bord et reprit :

— Voilà maintenant six jours, Dwight Emmerson téléphone à Hal, à son domicile, et l'appelle au secours. Il affirme qu'on tente de le faire chanter dans le cadre d'une affaire professionnelle à haut niveau. Implicitement, ça pourrait signifier que ça touche le ministère de la Guerre. Mais il refuse de donner téléphoniquement plus de détails et demande une entrevue à Hal qui accepte de le recevoir à Washington. Emmerson insiste sur le fait que personne d'autre ne doit être mis au courant et joue les super-prudents. Or, quarante-huit heures plus tard, ce type ne s'est pas encore manifesté. Appel inquiet de Hal qui entend l'autre lui répondre qu'il s'est trompé, qu'il a eu un coup de fatigue et que ses nerfs l'ont temporairement lâché. Il envoie presque Hal sur les roses, c'est tout juste s'il ne lui dit pas de se mêler de ses oignons... plutôt paradoxal, non ?

— Continue, dit Bolan d'un ton neutre.

— Un coup de sonde discret est lancé par l'intermédiaire de l'antenne locale du Bureau fédéral. Il faut que tu saches que bien qu'il soit toujours en activité pour le Pentagone, Emmerson travaille ici depuis deux ans. Il dirige la gestion des stocks de la centrale d'armement de Dayton, à une quarantaine de kilomètres de Cincinnati. Donc, un enquêteur est envoyé sur place avec mission de renifler l'atmosphère sans faire de vagues. Et c'est là que l'histoire va commencer à t'intéresser, Mack. A peine arrivé à promixité de la maison d'Emmerson, l'agent tombe presque nez à nez avec un type qui figure en bonne place sur le fichier fédéral. Un certain Max Richter...

— Autrement dit, Manny Figarone, précisa Bolan tout en réfléchissant. Il a fait ses classes dans les rues de San Francisco et il a les dents longues.

— Suffisamment pour rayer le parquet, rigola brièvement Turrin. Et on pourrait se demander ce qu'un type qui a ses quartiers sur la côte Ouest peut bien venir faire dans l'Ohio... Rappelle-moi de t'en reparler. Bon. Ça, c'était pour démarrer l'histoire.

— Comment intervient Deborah Keller dans tout ça ?

— J'y viens. En ce qui concerne Emmerson, il était inutile de faire une enquête sur son passé, il est irréprochable. On sait exactement d'où il sort et ce qu'il a fait jusqu'à maintenant. Pas le moindre petit accroc dans sa vie. Par contre, ce n'est pas la même chanson pour la starlette. On a tout de suite fait tourner la machine administrative qui a fourni des renseignements assez moches sur son compte. Arrêtée à dix-huit ans dans le cadre d'une nébuleuse affaire de refourgue de drogue, elle est presque immédiatement relâchée sous caution et tout se termine par un non-lieu. Un peu plus tard, on la retrouve dans une soi-disant école de cinéma qui n'est en fait qu'une officine de call-girls. Ensuite, périodiquement, elle tourne dans des films pornos destinés à l'Amérique latine et à l'Europe, en plus des films, heu... normaux, où elle gagne des cachets honnêtes. Mais depuis qu'elle s'est mariée, tout semble rentré dans l'ordre. C'est à peu près tout en ce qui la concerne.

— La belle et la bête, dans le même corps.

— Je dirais plutôt la petite pute repentie.

— D'après Hal et toi, on ferait chanter Emmerson avec cette histoire ancienne ?

— Ça paraît évident, malgré sa brusque volte-face et ce qu'il raconte sur sa prétendue fatigue nerveuse. Dans les services du Pentagone, on l'appelle *Buffalo*, par allusion au fait qu'il est capable de travailler comme un forcené des heures durant sans la moindre fatigue. Si tel est le cas, on sait déjà que c'est la Mafia qui tient en main la partition musicale sur laquelle il chante. Et l'enjeu pourrait être plus qu'important.

— Est-ce qu'il pourrait marcher à l'argent ?

— Certainement pas, assura l'agent fédéral. Je te l'ai dit, il est...

— Attends, interrompit Bolan. On peut résumer ainsi : il alerte Hal et tout laisse à penser, selon toi, qu'on le menace de rendre officiel le passé de sa femme, qu'il ait été au courant ou non. On peut imaginer les répercussions sur sa vie professionnelle et sociale... Mais comme c'est un type qui ne se laisse pas manœuvrer facilement, il passe outre à la menace et demande à un vieux camarade d'université d'intervenir confidentiellement. OK ?

— A priori, c'est ce qui s'est passé.

— Alors, pourquoi sa brusque volte-face ?

— Continue. Si tu penses ce que je pense...

— Les *amici* ont trouvé un autre moyen de pression pour le convaincre de coopérer. Ils l'ont coincé d'une manière ou d'une autre et en la matière, on sait qu'ils sont très forts.

Léo Turrin fit un geste avec ses mains, paumes tournées vers le haut dans un signe d'évidence. Un éclair d'orage fut perceptible à travers la muraille liquide, à une distance inappréciable devant eux. Puis il y eut quasi immédiatement le fracas du tonnerre. Au loin, ils entendirent aussi la sirène d'une voiture de pompiers.

— On dirait un présage, dit Turrin.
— Peut-être bien, fit Bolan qui suivait ses pensées. Dis-moi, quelle est la situation ici ?
— Sur quel plan ?
— Toujours le même.
— Cincinnati est une ville tranquille : Industrie automobile, sidérurgie, construction mécanique. La Cosa Nostra y est évidemment implantée depuis longtemps, mais on peut affirmer que tout se passe relativement bien. Voilà maintenant pas mal d'années qu'il n'y a pas eu de remous. Ils se sont reconvertis dans l'immobilier et une partie de l'industrie.
— C'est toujours le vieux Daglione qui tire les ficelles ?
— Toujours.
— Hal m'a demandé plusieurs fois d'éviter ce territoire.
— Ça se comprend. Jusqu'ici il ne s'est traité à Cincinnati que des affaires purement locales. Il existe une sorte de modus vivendi entre les *amici* et le FBI. On n'intervient pas tant que le business qu'ils contrôlent reste à peu près propre. Ernesto Daglione a parfaitement compris le marché.
— Ah oui ? grinça Bolan. Il a une curieuse façon de le respecter. Tu m'as demandé de te rappeler quelque chose au sujet de Manny Figarone.
— Tu m'as devancé d'une demi-seconde. Figarone n'a rien à voir avec la Famille Daglione. Pourtant, il est ici depuis près de deux ans. Il va et il vient. Il semble qu'il ait établi une sorte de pont entre la côte Ouest et l'Ohio. Et il n'est pas arrivé seul. On est mal renseigné sur ses pairs,

mais on sait que graduellement un noyau s'est constitué. Certains de ces gars sont dans le gros business : transports, pétrole, engeenering, etc. Rien à faire pour prouver quoi que ce soit contre eux, ce sont tous des petits saints et quelques-uns parmi eux sortent des grandes écoles. Tu vois le genre...

— Je vois, acquiesça Bolan. La nouvelle génération de mafiosi. La relève.

— Ce qui a souvent suscité des heurts avec les vieux, pour ne pas dire des clashes.

— Ça paraît paradoxal que Daglione ait laissé ces gus s'implanter sur son territoire.

— Je n'ai pas la réponse à cette question, dit Turrin.

Il tendit à l'Exécuteur une disquette de micro-computer emballée dans du plastique et une liasse de photos de format réduit.

— Tiens, tu passeras ça sur l'ordinateur de ton char. C'est l'organigramme de la Famille Daglione, plus quelques informations au sujet de Manny Figarone.

— Quelles sont exactement les intentions de Hal ?

— Il te donne carte blanche. Il sait très bien qu'à partir de l'instant où tu es sur un coup tu n'en fais qu'à ta tête, de toute façon.

Bolan sourit à son ami.

— Permission de tout casser ?

— Avec prudence, quand même. On pense vraiment que tout ça maquille une opération de grosse envergure. Si Emmerson a été mouillé, vu sa position au Pentagone, ce n'est certainement pas pour une simple histoire de fric. Bien qu'aisé, il n'a aucune fortune personnelle.

— Si j'ai besoin d'un complément d'information, où puis-je te joindre ?

— Comme d'habitude. A la grande cabane. Utilise le code habituel, je te rappellerai aussi vite que possible, mais il faudra parler à mots couverts.

— Toujours la psychose des mouches ?

— Fais quand même gaffe à tes os, Mack. Cette cité donne l'impression de sommeiller, mais il se pourrait qu'il en sorte tout un essaim de guêpes salement venimeuses.

— Donne le bonjour à Hal de ma part.

— Ce sera fait. Heu... j'oubliais. Il te fait dire également qu'il ne pourra en aucun cas intervenir auprès des flics locaux si ça devait tourner au vinaigre. Etant donné la situation à Washington...

— Ai-je déjà demandé quelque chose de la sorte ?

Léo Turrin ouvrit la portière, adressa un clin d'œil à Bolan et disparut rapidement sous la pluie diluvienne.

Quelques secondes plus tard, le moteur de la Porsche ronfla et le véhicule s'engagea lentement vers la sortie du parking. L'Exécuteur voulait tout d'abord prendre connaissance du contenu de la disquette informatique. Après, il lui faudrait échafauder très vite un plan d'action, puis passer à l'attaque. Si ce que les Services Spéciaux de la Maison-Blanche suspectaient s'avérait vrai, il y avait du sport en perspective. Cincinnati allait sortir de sa tranquillité.

CHAPITRE II

L'endroit s'appelait *Blue Cottage*. La maison était bâtie sur deux niveaux, en pierres taillées, et trônait au milieu d'un petit parc aux pelouses parfaitement entretenues. Sans la pluie, le vent et le tonnerre, les lieux auraient sans doute été paradisiaques. L'Ohio River bordait l'allée qui menait à la propriété, roulant des flots sombres et rageurs.

Il était 8 h 45 du matin. Bolan avait garé la Porsche à une cinquantaine de mètres et s'était présenté à pied, revêtu d'un imperméable et d'un chapeau texan. Deux véhicules stationnaient devant la bâtisse. L'un était inoccupé. Les vitres de l'autre étaient presque complètement embuées, signe d'une présence à l'intérieur, et de la vapeur se dégageait de la surface du capot, attestant que le moteur était à l'arrêt depuis peu de temps.

Dégrafant deux boutons de son imperméable, l'Exécuteur s'approcha de la grosse caisse, une Oldsmobile blanche, et frappa doucement contre la vitre rendue à moitié opaque par la condensation. Il y eut aussitôt un bruit de moteur électrique et la glace rentra partiellement dans la portière, démasquant un visage brutal aux yeux saillants qui le fixèrent sans la moindre sympathie.

Bolan eut un sourire navré, toucha d'une main le bord de son chapeau.

— J' suis complètement paumé, annonça-t-il. Vous pouvez me dire comment récupérer Harrison Road ? Avec cette saloperie de temps...

Il avait instantanément placé un nom sur le visage bestial : Sam le Dingue. Son portrait figurait parmi les photographies remises par Turrin. A la fois chauffeur et porte-flingue de Figarone. Un mafioso de la vieille école à qui on n'en remontrait pas et qui avait à son actif quantité d'assassinats et de crimes de toutes sortes. Le Dingue n'avait pas la réputation d'être particulièrement intelligent, mais il possédait au moins une qualité : sa rapidité à sortir une arme et à dessouder sa victime avant même d'avoir réfléchi à ce qu'il faisait. Souvent arrêté, il avait été presque à chaque fois relâché et avait bénéficié de nombreux non-lieux. Pour les *chefs*, un type dans son genre était une perle rare dont il fallait prendre soin et ceux-ci n'hésitaient pas à payer de fortes sommes sous formes d'enveloppes ou de cadeaux « consommables » à certains magistrats à la moralité flexible.

Le Dingue grommela quelques mots inintelligibles, cracha par la vitre à ras de Bolan, puis son regard bovin se posa sur son interlocuteur comme s'il venait seulement de s'apercevoir de sa présence. Il eut ensuite un ricanement vulgaire et débita :

— Ah bon, comme ça, t'es paumé ?

— Je tourne en rond depuis plus d'une demi-heure.

— J' suis pas une agence de renseignements.

Bolan prit une mine ennuyée :

— Ecoutez, je vous demande simplement de me dire où se trouve Harrison Road. J'ai laissé ma femme dans la voiture et elle se fait du mauvais sang parce qu'on va être en retard chez nos amis. En plus de ça, le chauffage ne marche pas dans cette foutue caisse et...

— Ah ouais ? s'attendrit le gorille. Elle doit se geler le cul, la pauvre mignonne. Amène-là ici, on pourra discuter à l'abri.

— J'ai une meilleure idée, fit innocemment Bolan avec un large sourire.

— Vas-y, mec.

— C'est ça l'idée, ajouta Bolan en exhibant son Beretta dont l'énorme silencieux s'immobilisa à quelques centimètres des yeux du mafioso.

Le Dingue avait eu un imperceptible mouvement pour lancer sa main sous sa veste à la recherche de son arme. Il n'était sans aucun doute pas très futé, mais suffisamment quand même pour comprendre le message. Pour une fois, sa rapidité légendaire ne lui avait servi à rien. Il s'était proprement fait blouser par un connard qui devait débarquer de son Texas natal, avec probablement du fumier encore sous ses ongles. Le regard lourd de Sam s'abaissa lentement sur les doigts du connard. Ils étaient impeccablement propres et ne tremblaient pas. Et la bouche noire du silencieux le fixait comme un serpent prêt à cracher son venin.

Il mit plusieurs secondes à trouver une répartie :

— D'où est-ce que tu sors, mec ? Et qu'est-ce que tu veux ?

— Qui est dans la maison ? Combien ?

La brute esquissa une grimace dédaigneuse.

— Va te faire foutre, connard.

— Pas question. Tu réponds ou je te liquide.

— Va te faire enculer...

Dès le départ, Bolan estimait qu'il ne tirerait rien de la brute épaisse. Il en eut la confirmation en scrutant le visage fermé, les grosses paupières à demi closes qui voilaient le trouble du regard. L'autre était en train de calculer les chances qu'il avait de saisir son arme, d'esquiver la menace du Beretta et de flinguer à son tour, très vite, selon un réflexe maintes fois répété.

Alors Bolan appuya gentiment sur la détente du 9 mm parabellum, libérant une ogive semi-blindée expansive qui s'enfonça dans le front épais et fit éclater l'arrière de la boîte crânienne de Sam le Dingue. Dans un ultime sursaut nerveux, la main du truand s'enfonça sous sa veste et se crocha sur la poignée de son revolver tandis que son corps massif s'inclinait lentement sur le fauteuil passager. Le coup de feu n'avait produit qu'un petit chuintement analogue à un souffle rauque.

Bolan rengaina son Beretta et s'approcha rapidement de la maison qu'il longea pour en faire le tour. Tous les volets étaient encore fermés au rez-de-chaussée. Evidemment pas question de s'annoncer à la porte principale. Il s'arrêta contre les volets masquant une porte-fenêtre à l'arrière de la bâtisse et eut la satisfaction de vérifier que rien n'était verrouillé de ce côté. Il s'insinua silencieusement dans un petit hall, contourna une cuisine, puis longea un couloir pour s'arrêter devant une porte entrebâillée par où provenait un bruit de voix et un filet de lumière.

— ... y voit pas bien le problème, hein ? disait une voix rocailleuse dans la pièce contiguë. On lui dit ce qu'on va faire à sa connasse ? Tu devrais lui dire, Jeff. J' suis sûr que ça le convaincrait.

Une autre voix donna la réplique :

— T'as sûrement raison ! Je crois qu'il prend pas la situation au sérieux. Sors le bidule, Mick...

Bolan s'approcha tout contre la porte et glissa un regard par l'entrebâillement, découvrant une partie de la scène. Le premier homme qu'il vit devait avoir une cinquantaine d'années. Sans doute Dwight Emmerson. Celui-ci était appuyé de dos à une table, les mains crispées sur le plateau et le visage contracté. Il était assez grand, environ un mètre quatre-vingts, et vêtu d'un élégant costume gris rayé. D'évidence, il n'était pas à la noce, ses yeux reflétaient de la colère mitigée d'angoisse. Le second type qui apparut dans le champ visuel de Bolan était petit et malingre avec une tête chafouine. Il venait d'extirper de sa poche un morceau de chiffon qu'il étira des deux mains et brandit devant en commentant d'une voix gouailleuse :

— Tu vois, mec ? Y a pas d'erreur, c'est le slip de ta dulcinée. Y a ses initiales dessus.

Le troisième personnage restait invisible à l'Exécuteur, situé trop en retrait dans la pièce.

Le nabot enchaîna :

— Ça, c'est pour t'éclairer un peu, bonhomme. On l'a pas encore touchée, ta nana, mais si tu veux pas continuer à jouer avec nous, c'est nous autres qui vont s'amuser avec elle. T'imagines une dizaine de gus en train de lui passer dessus ? Et ils sont vachement bien équipés, les gus, j' te dis pas ! En plus, on lui fera des gâteries spéciales comme t'as sans doute jamais su lui...

Le salaud s'excitait en parlant. Il ne fut pourtant pas en mesure de poursuivre son exposé édifiant. D'un bond, Emmerson s'était jeté sur lui, visage crispé par la fureur, poings serrés, fonçant comme une bête blessée. Il cueillit le nabot d'un direct à la mâchoire. Le coup avait été porté maladroitement, mais suffisamment fort pour expédier au tapis le mafioso qui se reçut contre le bas du mur opposé. Il couina, secoua la tête et jeta un regard exorbité et plein de haine devant lui. Puis il poussa un juron et, un coude en appui sur le sol, il envoya son autre main à la recherche de son arme, sous sa veste.

— Fais pas le con ! cria le type demeuré invisible.

Mais le petit truand avait déjà dégainé et commença à braquer un automatique sur Emmerson. Bolan décida qu'il était temps d'intervenir. Son Beretta au poing, il repoussa la porte d'un coup d'épaule et fit tout de suite feu. Dans un chuintement rauque, le 9 mm parabellum cueillit le mafioso à la tempe, lui rejetant la tête contre le mur qui se souilla immédiatement d'une gerbe rouge striée de filaments immondes. Son acolyte était à l'inverse du personnage. Il ressemblait à King Kong. Des épaules monstrueuses, une face plate avec d'énormes sourcils et une mâchoire proéminente. Le temps de réaliser la nouvelle situation, il émit un borborygme caverneux, projeta en arrière un pan de sa veste pour saisir un gros revolver qu'il avait dans un holster de hanche, tout en se lançant contre l'intrus. Le Beretta décrivit un arc de cercle de quelques centimètres, vomissant une balle brûlante qui fit éclater la mâchoire inférieure de King Kong. Celui-ci proféra un son inhumain en s'arrêtant net, sur place, tandis que la moitié de sa mâchoire pendait devant sa gorge, l'autre partie ayant été dispersée dans la pièce. Les yeux fous, injectés de sang, il émit un étrange feulement, comme le son du vent sur le goulot d'une bouteille géante, releva son revolver et tira à deux reprises en direction de Bolan. L'Exécuteur s'était déjà déplacé et les grosses balles ne firent qu'arracher des gravats dans l'encadrement de la porte. Dans la fraction de seconde qui suivit, le Beretta 93-R toussa de nouveau. Cette fois, l'ogive délimita un trou net au milieu du front et ressortit par l'arrière du crâne dans un éclaboussement de cervelle et d'échardes d'os.

La brute fit encore trois pas, puis ses jambes ployèrent sous son immense carcasse et il s'effondra d'un coup en tournoyant sur lui-même.

Bolan aurait souhaité conserver l'un des deux malfrats en vie pour le faire parler, mais il n'avait pas eu le choix. Il se retourna vers Emmerson qui était demeuré planté au milieu du salon dans une attitude stupéfaite. Le haut fonctionnaire eut un tic de la joue, respira plusieurs coups par saccades et prononça avec un débit haché :

— Qu'est-ce... que... Qui... qui êtes-vous ?

Bolan rengaina son arme. Manifestement, Emmerson était complètement dépassé par les événements. Son regard était mû par un mouvement alternatif d'un cadavre à l'autre.

— Qui... qui êtes-vous ? répéta-t-il.

— Vous êtes Dwight Emmerson ?

— Heu... oui.

— Contrôlez-vous, mon vieux. Si vous pensez que vos nerfs vont lâcher, enfilez-vous quelque chose de fort. Nous avons besoin de discuter.

— C'est, heu, c'est... enfin, je veux dire, c'est quelqu'un de Washington qui vous envoie ?

— Ça se pourrait, répliqua Bolan sans se compromettre. Trouvez-moi des bâches ou des couvertures pour empaqueter ces types. Ne restez pas planté comme ça, grouillez-vous.

Emmerson respira profondément et quitta précipitamment la pièce. Bolan alla faire les poches des deux cadavres mais, comme il s'y attendait, ne découvrit rien de spécialement intéressant à part des cartes d'identité qui pouvaient être fausses ainsi que deux ports d'armes en cours de validité établis aux mêmes noms : Jack Davis et Robert Brown. Ces deux-là avaient plutôt des têtes à porter des noms italiens ou siciliens.

Emmerson revint rapidement, porteur de

deux couvertures dans lesquelles ils enroulèrent les corps.

— Aidez-moi, dit Bolan en empoignant le défunt King Kong par les épaules.

Le fonctionnaire se baissa pour saisir avec dégoût les jambes du mafioso. Sous la pluie crépitante, ils transportèrent leurs fardeaux macabres dans le coffre de l'Oldsmobile, y déposèrent également le corps de Sam le Dingue, puis réintégrèrent le salon.

Emmerson s'épongea le visage avec un mouchoir en papier. Il était blême.

— Je n'aurais jamais imaginé qu'une telle chose pouvait m'arriver, dit-il.

Il alla ouvrir un meuble-bar dont il sortit une bouteille de J & B et un verre.

— Vous en voulez ? proposa-t-il.
— Non.
— Je ne bois jamais, mais...
— Je suis au courant en ce qui concerne votre femme.

Bolan avait lancé la phrase sans trop de précision, pour juger les réactions de son interlocuteur.

— Comment ça s'est passé ? enchaîna-t-il.

Emmerson avala d'un trait la moitié du J & B qu'il s'était versé. Un peu de couleur revint à son visage et sa voix s'affermit :

— Ça fait maintenant quatre jours. Elle était allée faire des achats en ville. A dix heures du soir, elle n'était toujours pas rentrée et j'ai commencé à m'alarmer. J'ai téléphoné un peu partout, à des amis, à des relations pour me renseigner, savoir si elle n'avait pas eu un ennui, si elle ne s'était pas arrêtée chez quelqu'un. A minuit, j'ai reçu un appel, quelqu'un m'informait qu'on la retenait contre son gré et que je devais faire certaines choses si je ne voulais pas qu'il lui arrive malheur.

Il fixa les éclaboussures de sang contre le mur et détourna les yeux, écœuré. Il était encore sous le coup de l'émotion et ne s'était même pas posé la question de savoir comment le visiteur pouvait être informé.

— Je voulais dire que je suis au courant en ce qui concerne le passé de votre femme, corrigea Bolan d'un ton abrupt.

Emmerson faillit avaler son whisky de travers. Il toussota et s'empourpra :

— Vous... vous savez ?

— Affirmatif. Asseyez-vous, Emmerson, et parlons.

Avec un soupir, le fonctionnaire du Pentagone se laissa aller dans un fauteuil, son verre vide entre les mains.

— J'aurais voulu éviter tout ça, grommela-t-il d'un air infiniment las.

— Il est peut-être encore temps de sauver la situation. Si vous me racontez tout dans le détail.

— Oh !... C'est à la fois banal et plutôt triste. Ça a débuté il y a une douzaine de jours. Debbie est venue me trouver en pleurs. Elle m'a avoué qu'elle avait tourné dans des films pornographiques. Elle n'a jamais eu de très grands rôles et les productions ne lui offraient pas de cachets très importants, on l'exploitait parce qu'elle était encore une jeune comédienne... Sur le coup, la nouvelle m'a mis dans une colère terrible. Mettez-vous à ma place... Et puis, je l'ai vue complètement effondrée. Elle m'a dit qu'on tentait de la faire chanter, on le menaçait de tout me révéler.

— On lui demandait de l'argent ?

— Ce n'était pas très clair. J'ai cru comprendre qu'elle devait me persuader de rendre un service à quelqu'un. La personne qui la menaçait allait la rappeler sous vingt-quatre heures. C'est ce qui s'est produit. Nous nous étions mis d'accord tous les deux. Lorsqu'elle a eu la fameuse communication, elle a répondu qu'elle ne céderait pas à l'intimidation et qu'elle m'avait informé de son passé. Debbie est une femme courageuse, vous savez. Au fait, vous êtes... ?

— Border. Mike Border. Continuez. Vous me disiez que votre femme est courageuse.

— Assurément. Il venait d'y avoir une cassure entre nous, mais j'étais sûr que ce n'était pas irrémédiable. Et nous ne vivons pas sur le passé, nous avons beaucoup de projets en commun... Je pensais que cette affaire allait s'arrêter sur cet appel téléphonique, quand j'en ai reçu un, à mon tour. Cette fois, j'étais personnellement visé. On m'avertissait que les... heu, les frasques de Debbie allaient être rendues publiques si je m'obstinais à refuser de coopérer. Ça signifiait immanquablement ma radiation du Ministère. L'Administration ne plaisante pas avec ces incidents de parcours. Et il y a aussi les retombées sociales.

— Je comprends, fit Bolan. Et quel était le service demandé ?

Emmerson respira doucement par petits coups.

— Je devais procurer du matériel militaire.

— Quel genre ?

— Du matériel stratégique. Je dirige la centrale d'armement de Dayton...

— Je sais.

— J'avais le choix entre l'effondrement de ma carrière, devenir un paria, et... la trahison.

— Et vous avez fait un choix intermédiaire, intervint Bolan. Vous avez demandé à quelqu'un de bien placé d'intervenir officiellement.

— Oui. C'était ma seule porte de sortie.

— Pourquoi n'avez-vous pas donné suite à cette intervention ?

Emmerson haussa les épaules. Il fit rouler le verre vide entre ses mains, répliqua d'une voix étranglée :

— Je vous ai dit qu'ils l'ont enlevée. Elle est entre leurs mains et je sais ce qu'ils peuvent lui faire. Debbie n'a sans doute pas eu une conduite irréprochable tout au long de sa vie, mais c'est ma femme et je l'aime. Vous pouvez comprendre ça ?

Bolan s'assit sur le coin d'une table et considéra l'homme effondré en face de lui. Il était assurément sincère, tout au moins jusque-là.

— Et Figarone ? questionna-t-il à brûle-pourpoint.

— Qui ?

— Manny Figarone.

— Je ne connais personne de ce nom.

— Et si je vous dis Max Richter ?

— Heu... Oui, je vois, répondit Emmerson que le trouble gagnait soudain.

— Essayez de voir un peu mieux. Qu'est-ce qu'il est venu faire chez vous il y a trois jours ?

Emmerson avala difficilement sa salive et parut se jeter à l'eau :

— Il s'est présenté en quelque sorte comme intermédiaire, ou médiateur, si vous préférez. Il m'a déclaré qu'il avait été contacté téléphoniquement par des gens qui ne désiraient en aucun cas se dévoiler.

— Vous le connaissiez auparavant ?

Nouvelle hésitation du haut fonctionnaire qui se leva soudain et alla se verser une nouvelle dose de J & B.

— Je l'ai rencontré quelques fois, admit-il. C'est un marchand de biens de la côte Ouest qui est venu s'installer dans l'Ohio.

Il se tut pour boire un peu de whisky.

— Déballez complètement votre sac, fit Bolan. A quelles occasions l'avez-vous rencontré ?

— Eh bien... dans des parties chez des amis, dans deux ou trois cocktails, je crois. C'est quelqu'un de bien, il est très introduit dans les milieux des affaires de Cincinnati.

Bolan eut un ricanement :

— Votre Max Richter, ce type très bien, s'appelle en réalité Manny Figarone. C'est un mafioso à part entière avec tout ce que ça comporte de pourriture, de crimes et de corruption.

— C'est impossible ! s'insurgea Emmerson.

— Continuez à penser comme ça et vous allez vous retrouver dans la mélasse jusqu'aux cheveux. Vous y êtes déjà pas mal.

— Oh, je m'en rends bien compte. Mais j'ai du mal à croire que... Quel intérêt ces gens pourraient avoir à récupérer du matériel d'armement ?

— Je n'en ai encore aucune idée, répondit Bolan. Mais soyez certain qu'ils ont envisagé un intérêt de grande importance. Ils ne font jamais rien de gratuit, ni pour s'amuser. La Mafia vole, pille, corrompt, tue et torture dans un but unique : accroître sa puissance pour dominer les autres et en tirer le meilleur parti. Tous les moyens sont bons, même et surtout les plus infâmes. Maintenant, Emmerson, dites-moi : avez-vous déjà commencé à coopérer avec ces gens ?

Un temps mort s'écoula pendant lequel Bolan vit les doigts d'Emmerson se crisper sur son verre. Son front s'était soudain couvert d'une fine pellicule de sueur.

— Certainement pas, finit-il par répliquer. Rien qu'à cette pensée, j'en suis malade.

— Si vous dites vrai, votre affaire peut encore s'arranger. Quel était le type de matériel qu'on cherchait à vous faire détourner ?

— Etes-vous qualifié pour recueillir une telle information ? s'emporta soudainement le directeur de la centrale militaire.

— OK. Vous n'êtes pas obligé de me répondre. Mais vous n'aurez guère le choix quand vous serez confronté aux services de la DIA.

— C'est moi que ça regarde.

— Comme vous voulez, conclut Bolan en se dirigeant vers la porte.

— Attendez, fit le fonctionnaire. Qui êtes-vous réellement ?

— Quelqu'un qui aurait peut-être pu vous sortir du merdier, Dwight. Mais ça ne peut pas se faire sans que vous y mettiez un peu de bonne volonté. Personne ne peut sortir une autre personne du cloaque si elle s'y refuse, je veux dire que chacun est libre de son choix et de ses responsabilités...

— Eh bien, je...

— Allez-y.

Durant quelques secondes, le visage d'Emmerson se contracta comme s'il réfléchissait intensément à prendre une décision. Puis ses yeux cillèrent, il projeta violemment contre une cloison le verre qu'il tenait toujours en main et jeta :

— Allez vous faire voir. Je n'ai rien à ajouter à ce que je vous ai déjà dit. Je n'ai quand même pas cherché ce qu'on essaye de... de...

— Bien sûr, rétorqua Bolan d'un ton sec. Vous avez sûrement raison.

Il pivota et s'engagea dans le couloir pour rejoindre la porte extérieure. Un instant plus tard, Emmerson était sur ses talons et questionnait nerveusement :

— Qu'allez-vous faire de... de ces cadavres dans le coffre ?

— C'est moi que ça regarde, renvoya l'Exécuteur d'un ton neutre. A chacun ses responsabilités, non ? A votre place, je quitterais cette maison le plus vite possible, des fois que des amis de ces braves gens aient l'idée de venir prendre de leurs nouvelles, et j'irais demander la protection des fédéraux.

Sans ajouter un mot, il descendit les marches du petit perron et rejoignit l'Oldsmobile dans laquelle il s'installa au volant. Il démarra aussitôt, franchit le portail de la propriété, puis rejoignit la Porsche derrière laquelle il s'arrêta. Quelques instants plus tard, il avait déplacé le bolide gris métallisé à trois cents mètres en amont, à l'abri d'un bosquet, et rejoint le véhicule de la Mafia, qu'il conduisit doucement vers Shady Lane en direction de Taylors Creek. La pluie tombait toujours avec fureur.

Un plan s'était déjà dessiné dans sa tête. Qu'allez-vous faire de ces cadavres ? avait demandé Emmerson. Bolan allait tout simplement les renvoyer à l'expéditeur. Il en profiterait pour examiner les réactions des *amici* et mieux faire connaissance avec son futur terrain de combat. Après, il faudrait se renseigner encore et... improviser finalement.

Cette affaire était loin d'être claire. De nombreuses questions restaient encore en suspens, à peine formulées. En effet, qu'est-ce que la Mafia pouvait bien vouloir faire avec du matériel militaire stratégique, et quelle était effectivement la nature du matériel ? Et aussi, comment les *amici* comptaient-ils s'y prendre pour négocier un tel marché ? Bolen pensa que les réponses viendraient d'elles-mêmes, s'enchaîneraient à mesure du déroulement de l'action. Il n'était pas un détective, il n'avait pas le temps de mener une enquête et n'avait en aucune façon les moyens dont disposait le FBI. Alors, il était décidé à frapper et frapper encore la Mafia jusqu'à ce que la vérité éclate.

Une chose, pourtant, s'avérait dès à présent certaine : Emmerson ne lui avait pas dit toute la vérité. Il avait menti au moins sur un point. Il s'était troublé plusieurs fois et il y avait eu aussi les répliques des deux malfrats, entendues à travers la porte : « ... si tu ne veux pas continuer avec nous... ».

A quel niveau le haut fonctionnaire du Pentagone avait-il déjà commencé à coopérer avec la pègre de Cincinnati ?

CHAPITRE III

Gaby Morana était un mafioso de la génération intermédiaire, celle qui avait connu à la fois les Carmine Galente et les nouveaux venus à l'éducation universitaire. Il avait quarante-six ans et était originaire de Boston, cité qu'il avait fuie en quatrième vitesse lorsque Mack Bolan était venu y déclarer sa guerre. C'était un homme élégant au corps de sportif et qui avait indéniablement de la classe. Il avait été avocat, radié du barreau de Boston pour corruption de magistrat et n'avait échappé à la prison que grâce aux puissantes relations qu'il avait à l'époque dans les sphères de la politique. Issu d'une famille américano-sicilienne très modeste, il avait très vite fait son chemin vers le confort et la prospérité. A dix-sept ans, la Mafia avait investi sur sa future carrière en payant les études du jeune Morana qui, déjà, faisait preuve d'une grande souplesse de caractère vis-à-vis de ses pairs et d'une moralité suffisamment élastique pour accepter par avance ce qu'on attendait de lui.

Marié à vingt-cinq ans à la fille d'un gros

promoteur du Massachusetts, il avait d'abord commencé à rendre des services anodins aux *amici*, depuis la défense de petits truands jusqu'à la mise en œuvre de procédés dilatoires pour retarder certains procès, voire même les faire avorter. Deux ans plus tard, son épouse décédait dans des circonstances plus que troubles — un accident de voiture qui s'était produit sans le moindre témoin et avec délit de fuite de la part du conducteur responsable — et Morana héritait d'une fortune assez conséquente pour s'installer à son compte dans un luxueux cabinet de conseiller juridique. Il va sans dire que les principales affaires qu'il traitait avaient pour noms : trafic d'influence, corruption, chantage et arrangement de coups foireux. Ce fut pendant cette période qu'il commença à se constituer d'importantes relations politiques. Puis vint l'instant où la Mafia lui proposa de faire dans le gros : le blanchiment des mafiodollars et l'organisation d'un nouveau réseau d'approvisionnement international de drogue. Il accepta d'emblée la proposition et on ne le vit plus alors que rarement dans les palais, sauf lorsqu'il y avait une très grosse opération juridique à opérer. Très vite il devint une sorte de caïd, riche et respecté du Milieu, mais n'en continuait pas moins de se produire dans les réceptions mondaines et d'affaires. Pourtant, il n'était ni *capo* ni *sotto-capo*. La Cosa Nostra ne lui avait concédé que le titre de *Consigliere* et *Consigliere* il restait malgré les énormes combines qu'il manipulait et ses pouvoirs exorbitants de contrôle sur la pègre. Il n'appartenait pas non plus à une Famille, dépendait seulement de la *Commissione*, cette sinistre assemblée de *capi* qui avait son siège dans un « sky-scraper » de Manhattan. Ce statut très particulier lui offrait l'avantage de pouvoir être partout à la fois sur le territoire américain sans qu'une Famille quelconque eût à y redire.

Ernesto Daglione, le *capo* en titre de Cincinnatti, avait bien émis quelques protestations lorsque Morana était venu établir son QG tout près de chez lui, mais le Conseil des Chefs lui avait clairement signifié qu'il n'avait qu'à la boucler, que la présence de Morana relevait d'une opération nationale et que le vieux *capo* ne pourrait qu'en tirer un avantage lucratif. Gaby travaille pour le bien de tous, lui avait-on rétorqué. Pourtant, il s'était avéré assez vite que le *Consigliere* ne respectait en aucune façon l'accord initial. Non seulement il touchait sans vergogne au business local, s'accaparant des marchés lancés depuis des années par Daglione, mais aussi, il critiquait sournoisement le vétéran auprès de la *Commissione*, allant même parfois jusqu'à le qualifier de « vieux chien famélique sénile ». La chose aurait pu paraître maladroite ; en réalité, Morana manœuvrait évidemment pour faire sortir Daglione de ses gonds de manière à le discréditer ouvertement auprès du Grand Conseil.

Ernesto « The Fox » Daglione n'avait pas été dupe de l'insidieuse manœuvre. Au terme d'une période d'attentisme apparent, il s'était rendu à Manhattan pour s'indigner auprès des chefs de la scandaleuse trahison dont il faisait les frais, dénonçant les combines vicieuses du nouveau venu et menaçant de fermer hermétiquement son territoire. Cette fois, il lui fut répondu que l'Organisation allait prendre le problème en main de façon à préserver ses intérêts. On lui précisa également que la présence de Morana à Cincinnati ne serait pas permanente, que ce dernier allait bientôt lever le camp de l'Ohio pour démarrer d'autres affaires ailleurs. Mal convaincu, Daglione avait quitté Manhattan en émettant de furieuses réserves et en proférant d'implicites menaces. Ses doutes étaient fondés. La situation ne s'arrangea nullement à Cincinnati; bien au contraire, le *Consigliere* intensifia sa campagne de dénigrement et déroba encore quelques affaires au vieux renard. Or, assez récemment, au lieu de répliquer ainsi qu'il en avait émis l'intention, Daglione parut se plier aux exigences du Grand Conseil. Contrairement à sa détermination passée, il demeurait dans l'expectative la plus complète, laissant ce pourri de Morana étendre la main de plus en plus loin sur son territoire.

Manifestement, il s'était produit quelque chose.

Certains voyaient dans cette curieuse absence de réaction une relation de cause à effet. Le Renard de Cincinnati s'était-il finalement laissé acheter par la *Commissione* ou lui avait-on purement et simplement rogné les dents au point qu'il ne puisse plus mordre ?

Gaby Morana, lui, continuait à mener rondement son business et à pérorer aux yeux de la troupe qu'il avait importée de la côte Ouest.

En cet instant, il discutait avec Manny Figarone, l'homme qu'il avait spécialement chargé de missions pour assurer la sécurité des opérations locales. Ce dernier était avachi dans un fauteuil en daim, une coupe de champagne Moët & Chandon à la main. Il portait la coupe à ses lèvres en écoutant attentivement ce que lui disait le « patron », quand il entendit la sonnerie du téléphone. Morana alla décrocher, perçut la voix de son garde du corps :

— C'est quelqu'un qui veut vous parler, monsieur Morana. Il ne veut pas donner son nom. Il prétend que c'est vachement important.

— Qu'est-ce qu'il veut ? s'enquit le *Consigliere* d'un ton agacé.

— J'en sais rien. Il veut vous parler en personne. Qu'est-ce que je fais ?

— Passe-le-moi.

Il y eut plusieurs déclics, puis une seconde voix vint en ligne :

— Gaby ?

— Peut-être, répondit prudemment Morana. Qui parle ?

— Quelqu'un qui veut te donner un renseignement. Une chose qui t'intéressera énormément.

Morana se fouilla à la recherche d'un paquet de cigarettes, n'en trouva pas dans ses poches, et Figarone s'avança vivement pour lui présenter son propre paquet puis lui donner du feu. Pendant ce temps, le correspondant n'avait pas prononcé un seul mot, la ligne semblait morte.

— Bon. T'es là ? fit le *Consigliere*.

Il entendit un petit rire dans l'écouteur.

— Pourquoi est-ce que je serais plus là ? T'écoutes, Gaby ?

— Ouais. Attends, qu'est-ce que tu veux en échange ?

— Rien du tout. Disons que ça m'arrange de te rendre service.

— Ah oui ? Amène-toi, alors. On va en discuter.

— C'est pas utile, répliqua la voix anonyme. Le renseignement est gratuit et je te le donne tout de suite.

Morana réprima un mouvement d'énervement.

— Alors, vas-y, bon Dieu. Je t'écoute.

— Y a une bagnole qui stationne près de ta baraque. A côté du petit portail à l'arrière. A ta place, j'enverrais tout de suite quelqu'un jeter un coup d'œil à l'intérieur.

— Qu'est-ce que c'est que cette histoire, je...

— Fais-le maintenant, Gaby, tu seras pas déçu.

— Attends ! intervint Morana. Je voudrais savoir qui... Tu m'écoutes ?... Hé ! T'entends ?...

Mais l'autre avait raccroché, laissant la place à une tonalité continue.

— Merde ! grogna le *Consigliere* en reposant le combiné.

Il se tourna vers Figarone :

— Fais venir immédiatement un de tes chefs d'équipe et qu'il envoie deux ou trois gars voir ce qui se passe près du deuxième portail.

Il lui résuma brièvement la communication téléphonique. Aussitôt, Figarone convoqua le chef de la garde et distribua des ordres, concluant :

— Dis-leur qu'ils fassent gaffe. Ça me paraît pas très catholique, cette histoire. Et reviens ici avec une radio.

Le type s'éclipsa pendant une minute, revint

dans le salon, porteur d'un talkie-walkie qu'il mit en fonctionnement.

Une quarantaine de mètres séparait la grande maison du mur d'enceinte. Les trois *soldats* y parvinrent en quelques secondes, avançant avec circonspection. L'un d'eux demeura près du portail secondaire tandis que les deux autres le franchissaient pour se retrouver dans l'allée bordant l'arrière de la propriété.

Le talkie-walkie grésilla dans les mains de Bepo Rastelli qui se tenait près d'une fenêtre dans l'espoir de surveiller ses hommes à l'extérieur. Mais il n'en voyait qu'un seul qui avait pris position devant la petite barrière métallique.

— *Y a bien une quinde, chef. Juste en arrêt à côté du mur. Mais elle est vide.*

— Vous êtes sûr ? questionna Rastelli.

— *Ouais.*

— Fouillez-la, mais allez-y en douceur. Elle est p't-être bidouillée.

Deux minutes s'écoulèrent en silence, puis une voix rauque et précipitée jaillit de la radio :

— *Chef ! On a trouvé... C'est... Oh, putain ! Si vous pouviez voir ça...*

— Qu'est-ce qu'il y a, Steve ? Dis-moi ce qu'il y a, merde !

— *Les pauvres gars. C'est pas possible, je...*

— Tu vas t'expliquer, bordel de merde ! cracha le chef de la garde dans l'appareil.

Il se retourna d'un air gêné vers Morana, enchaîna d'un ton plus contrôlé :

— Annonce la couleur, et vite.

Figarone bondit sur ses pieds et lui arracha la radio des mains, lançant aussitôt :

— C'est Manny. Qu'est-ce qui se passe, petit ?

— Y a trois gars dans le coffre, patron. Ils ont tous salement morfré. Et y a du sang partout, c'est un vrai massacre. Doux Jésus ! Les salauds ont dû les flinguer à bout portant.

— Tu peux me dire qui c'est ?

— Comment voulez-vous que je sache qui a fait le coup, patron ? Je peux pas...

— Putain ! Je t'ai pas demandé ça, s'emporta Figarone. Qui sont ces trois mecs ?

— Ben... je reconnais Billy et puis... le petit Clyde. Attendez... Ouais, le dernier, c'est Sam.

Figarone serra les mâchoires.

— Tu veux dire que ce sont nos hommes ?

— Oui, patron. Et la caisse aussi est de chez nous. C'est l'Oldsmobile que vous avez envoyée ce matin avec l'équipe chez...

— Ne prononce pas de nom, bon Dieu !

— Qu'est-ce qu'on fait ?

— Fais rentrer la bagnole dans le parc, on va aviser. Referme bien le coffre, hein, Steve ?

Il rendit le talkie-walkie à Rastelli en lui ordonnant :

— Occupe-toi de ça, Bepo. Faut pas que la moindre indiscrétion arrive aux oreilles des flics. C'est vraiment pas le moment. Arrange-toi pour qu'on retrouve les corps très loin en dehors de l'Etat. Fais-les mettre à poil auparavant pour qu'il y ait pas d'indices. Et puis non. Passe un coup de tube à Dig, à Cleveland. Qu'il ramène ses fesses à toute allure ici et se charge d'emmener les macchabs. Le mieux est de les foutre dans le lac Erié avec du lest. Dig me doit bien ça. Bon, vas-y tout de suite.

Bepo Rastelli acquiesça puis se dirigea vers la porte. Avant qu'il soit sorti du salon, Figarone marmonna, assez fort pour être entendu du chef de la garde :

— Les pauvres gars. Les pauvres petits gars.

Dès que la porte se fut refermée, il se tourna vers Morana dont le visage habituellement agréable avait pris une expression angoissée.

— Qu'est-ce que signifie ce coup merdeux ? fit le *Consigliere*.

Figarone haussa les épaules, alluma une cigarette sans même penser à en offrir une à son patron.

— Je sais pas exactement, pas encore. Mais il me vient une idée. Ça pourrait bien venir de...

Il marqua un silence, réfléchissant intensément.

— Tu penses à Daglione ? supposa Morana.

— Ça paraît être la seule explication, non ? En tout cas, j'en vois pas d'autres.

— Ce vieux chien famélique n'aurait quand même pas osé... On le tient par les couilles.

— Peut-être qu'il est devenu dingue subitement ?

— Et tu crois qu'il prendrait le risque, après ce qu'on lui a dit qu'on ferait à...

— Ça semble évident. Ouais. Pour moi, il tente un coup d'intimidation, il s'imagine qu'on va se dégonfler de faire ce qu'on a dit. Il croit qu'il peut nous foutre suffisamment la trouille.

— Ce vieux débris ! fulmina le *Consigliere*. Le sale con. Il va comprendre qui tient les bonnes cartes, on va commencer par lui envoyer un petit morceau de...

Morana n'eut pas l'occasion de poursuivre son explication. Il y eut un bruit de verre brisé ainsi qu'un éclatement derrière lui. La baie vitrée donnant sur l'arrière du parc venait de s'étoiler et le mur opposé s'était creusé d'un cratère gros comme le poing. Des éclats de plâtre et de ciment avaient criblé un canapé et renversé une lampe de chevet.

— Qu'est-ce que... commença Morana.

Figarone, lui, avait compris instantanément. Il avait fait ses classes dans la rue et connu les affrontements sanglants entre bandes rivales. Il savait ce qui venait de se produire.

— Planque-toi ! cracha-t-il à l'adresse de l'avocat marron qui demeurait bouche bée au milieu de la pièce.

Lui-même s'accroupit et rampa pour se mettre à l'abri derrière le canapé.

Il avait à peine fait un demi-mètre qu'une grosse détonation leur parvint, tout de suite accompagnée d'un second tintement de verre. Un second impact se délimita dans le mur, puis un troisième, un autre et un autre encore. Les détonations claquaient à un rythme effroyable.

Morana avait fini par se jeter au sol et marchait à quatre pattes vers la sortie du salon en poussant de petits cris étranglés.

— Bouge pas ! clama Figarone. Reste au sol. Ces putains de fumiers devront bien s'arrêter.

Il y eut en effet une accalmie d'environ cinq secondes, puis la fusillade reprit de plus belle. De nouveaux projectiles martelèrent la cloison. La baie explosa soudain, projetant des débris de verre partout dans la pièce ; de la poussière de plâtre avait envahi les lieux et ces foutues explosions lointaines qui continuaient de martyriser les tympans des deux mafiosi !

C'était un déluge de feu, de fer et de gravats. Gaby Morana ne parvenait même plus à réfléchir sur la conduite à tenir et Figarone se terrait sous son canapé, comme s'il avait voulu entrer à l'intérieur.

Enfin, il y eut une nouvelle accalmie. Un silence irréel qui glaça le sang des deux hommes. Figarone en profita pour hurler à l'adresse du chef de la garde :

— Bepo ! Nom de Dieu, qu'est-ce que tu fous ? Lance tes équipes sur ces ordures au lieu de te branler les couilles. C'est une attaque !

Si Bepo Rastelli n'avait pas encore compris qu'il s'agissait d'une attaque, c'est qu'il était complètement abruti. Or, le chef de la garde n'était ni abruti ni dégonflé. Dès les premiers coups de feu, il avait aussitôt rameuté ses hommes et les avait envoyés prendre position dans le parc pour défendre l'accès de la maison. Mais comment se défendre contre quelque chose qu'on ne voyait pas et sans même savoir exactement d'où venaient les coups ? Certains d'entre eux expédièrent quelques balles dans la nature, dans la direction présumée des attaquants.

Dans le salon, Morana et Figarone commençaient à se redresser. Ils avaient à peine esquissé le mouvement qu'une nouvelle fusillade retentit, bientôt suivie de hurlements, puis d'une explosion sourde qui fit vibrer les murs et acheva de désintégrer la baie vitrée. Les deux hommes se jetèrent d'un même élan vers la sortie, Figarone brandissant un pistolet automatique qui ne lui servait tristement à rien. Quand il s'était redressé, son regard avait accroché le mur délabré et, à travers le brouillard de poussière en suspension, il avait pu apercevoir l'ensemble des gros impacts qui traçaient d'une manière assez précise un « N » dans la cloison.

— Ness! proféra-t-il en crachotant la poussière qui lui était entrée dans la bouche. Espèce de vieille pourriture de merde!

C'était donc bien Ernesto « Ness » Daglione qui était l'auteur du coup. Qui avait-il envoyé pour ça? Certainement pas les chiens galeux constituant ses équipes, ceux-là étaient trop endormis dans les vieilles combines à la con. Ness avait engagé des spécialistes, des mecs de la côte Ouest ou de New York. Eh bien, ces spécialistes allaient rentrer vite fait chez eux. Dans un cercueil. Ça, oui, Manny Figarone en faisait le serment.

En attendant, il s'agissait de se tirer du guêpier et de sauver sa peau.

CHAPITRE IV

La pluie avait cessé depuis dix minutes. L'Exécuteur se tenait à plat ventre à l'orée d'un bosquet planté sur une petite colline qui dominait le terrain alentour. Vêtu d'une combinaison imperméable vert sombre qui lui permettait de se confondre avec la nature, il examinait la propriété de Morana à l'aide de puissantes jumelles militaires. A côté de lui, une grosse carabine Weatherby reposait sur une bâche ainsi qu'une provision de munitions et un télémètre.

Trois quarts d'heure plus tôt, il était arrivé à proximité à bord de son char de guerre camouflé en mobil home, l'Odsmobile en remorque. Il avait décroché le véhicule pour l'amener prudemment contre le mur de la propriété, avec son chargement macabre, et était allé téléphoner au maître des lieux dans une cabine située au croisement de la route qui passait près de la colline. Ensuite, il était venu en courant s'installer sur son actuelle position.

Le télémètre indiquait une distance de cinq

cent dix mètres. La lunette télescopique de la Weatherby était réglée en conséquence.

A présent, Bolan était prêt à déclencher un nouveau déluge sur cette région de l'Ohio.

Un déluge de plomb et de feu.

Les alentours étaient déserts à souhait. Le seul voisinage de sa cible était constitué par deux autres propriétés distantes de plusieurs centaines de mètres.

La réaction à son coup de fil ne se fit pas attendre. Bolan vit bientôt trois silhouettes s'éloigner de la maison vers le portail arrière. L'un des types tenait une radio portative. Le fort grossissement de ses jumelles lui permit de les distinguer parfaitement. Il les vit s'approcher du véhicule, l'inspecter méticuleusement, puis ouvrir le coffre et ensuite entamer un dialogue à travers le talkie-walkie. Quelques instants plus tard, l'un des hommes s'installa au volant du véhicule qui s'ébranla doucement tandis que les autres suivaient à pied, en guise de couverture. C'étaient des types prudents. Morana et Figarone n'avaient pas recruté des amateurs, mais toute leur prudence ne leur servirait pas à grand-chose.

L'instant était venu. Bolan délaissa les jumelles pour s'emparer de la Weatherby et riva son œil à l'optique du télescope, centrant les réticules sur une large fenêtre derrière laquelle il avait observé des silhouettes. Au moins deux hommes occupaient la pièce. Etait-ce Figarone et Morana ? Peu importait. Ce qu'il fallait, c'était faire passer le message et, en corollaire, provoquer les réactions que l'Exécuteur avait envisagées.

Il respira à fond, relâcha un peu d'air, puis retint son souffle en commençant à appuyer très doucement sur la détente. Dans un coup de tonnerre, la grosse pièce se cabra, l'épaule de Bolan recula d'au moins dix centimètres et une balle de .460 magnum fila sur l'objectif. Il lutta contre le recul pour revenir en ligne et examiner le résultat de son tir. Impeccable. L'ogive chemisée de cuivre avait traversé la fenêtre exactement où il l'avait voulu. Visant un second point à une dizaine de centimètres en dessous, il tira une seconde fois puis épuisa le magasin de la carabine à une cadence régulière.

A chaque départ de coup, il encaissait pendant un instant extrêmement bref une poussée de près d'une tonne dans l'épaule et la monstrueuse déflagration l'assourdissait. Mais il continuait au même rythme implacable et meurtrier. Il dut passer quelques secondes à recharger son arme, poursuivit son tir et rechargea encore. Avec des balles incendiaires, cette fois.

Faisant dévier l'axe de visée d'un mouvement infime, Bolan centra les réticules sur l'Oldsmobile. Le véhicule venait d'accélérer brutalement pour contourner en catastrophe le mur du parc et les deux hommes qui le suivaient s'étaient mis à courir en dégainant des armes.

Il prit le bas du coffre arrière en point de mire, expédia coup sur coup trois projectiles qui perforèrent la carrosserie et s'enfoncèrent à l'emplacement du réservoir d'essence. Presque instantanément, l'arrière de l'Oldsmobile parut se dilater démesurément. Une boule de feu se développa en un dixième de seconde, prenant dans son orbe les deux mafiosi qui couraient à proximité et qui se transformèrent en brûlots vivants. Le bruit de l'explosion parvint à Bolan une seconde et demie plus tard. Il expédia deux coups de grâce aux corps enflammés qui se tordaient démentiellement, rechargea une nouvelle fois et axa son tir en direction du parc. Des types accouraient de tous côtés, se précipitant à la recherche de postes de combat, s'arrêtant parfois net, indécis et complètement désemparés devant la spontanéité et la rapidité de l'attaque. Froidement, Bolan en liquida quelques-uns qui s'étaient aventurés trop à découvert, fit battre d'autres en retraite, puis continua à tirer sur la maison.

Un court mouvement circulaire de la Weatherby lui montra le devant de la propriété. L'optique du télescope était si puissante qu'il cadra en gros plan les hommes qui jaillissaient de la demeure, tournant sur eux, eux-mêmes à la recherche de l'invisible adversaire. D'autres encore sortirent, parmi lesquels Bolan identifia Figarone et Morana d'après les photos remises par Léo Turrin. Les deux hommes étaient couverts de poussière et ressemblaient à deux Pierrots.

Tout de suite derrière eux venait une jeune femme blonde vêtue d'un pull-over et d'un jean's. Elle s'arrêta un instant alors que les hommes s'entassaient dans des véhicules et promena un regard autour d'elle. On dut l'appeler, car elle fit un signe d'acquiescement et rejoignit la voiture dans laquelle avaient déjà pris place les patrons de la combine locale.

A la queue leu leu, les véhicules quittèrent les

lieux et prirent rapidement de la distance. Bolan allait se replier lorsqu'un mouvement fugitif attira son attention sur une petite route parallèle à celle qui desservait la propriété. Il reprit ses jumelles. Le point en mouvement était une Ford bleue que Bolan était certain d'avoir vue plus tôt dans la matinée à côté de l'Oldsmobile des tueurs. Entre deux reflets sur le pare-brise, il entrevit le conducteur et soupira. Dwight Emmerson n'avait fait aucun cas de son conseil d'aller demander protection au FBI. Que faisait-il près du repaire de la Mafia, ou qu'espérait-il ? Cherchait-il à retrouver son épouse ? A moins qu'il ait carrément menti sur toute la ligne, ce qui ne cadrait ni avec le personnage ni avec les événements.

Bolan n'avait pas le temps de réfléchir pour l'instant à la question. Il ramassa son matériel de guerre et rejoignit au pas de course son mobil home garé de l'autre côté du bosquet. Le gros moteur Toronado était encore chaud et démarra à la première sollicitation.

Le convoi des *amici* n'avait qu'une légère avance. L'Exécuteur avait soigneusement étudié la topographie de la région avant de lancer sa première attaque. Il n'eut aucune peine à retrouver le cortège de six véhicules qu'il aperçut légèrement en contrebas sur une route parallèle, à moins de soixante mètres de distance. La voiture des « boss », une Cadillac blanche, roulait en seconde position derrière une DeSoto dans laquelle s'étaient entassés à la hâte au moins cinq tueurs, et précédait les véhicules de la troupe. Une trentaine d'hommes en tout. Bolan en avait liquidé une dizaine depuis la colline. En ajoutant les trois malfrats qu'il avait éliminés chez Emmerson, cela portait les effectifs initiaux à environ quarante unités. C'était beaucoup, mais peu en même temps pour couvrir les besoins et la sécurité de l'organisation Morana. Et la Cosa Nostra avait toujours pour habitude de s'adjoindre une pléthore d'exécutants même pour orchestrer les plus petites combines. Le principe de la ruche. D'autres effectifs devaient se tenir en planque dans la cité ou à proximité, cela ne faisait aucun doute. Donc Bolan avait intérêt à pratiquer des coupes claires dans leurs rangs le plus rapidement possible.

Il dut bientôt rejoindre la route empruntée par le convoi et s'inséra dans leur sillage à bonne distance. Le scanner-radio de bord était branché depuis le début de la filature. Bolan avait remarqué les antennes installées sur les toits de trois voitures du cortège. Il pensait qu'il y aurait peut-être d'intéressantes informations à glaner, ce qui ne manqua pas alors qu'ils quittaient West Fork Road pour s'engager sur le NorthWest Expressway :

— *Jack ! Nous, on continue sur Mount Hope avec les équipes. Tu sais où c'est. Toi, tu vas chercher ce qui est précieux pour le vieux chien famélique et tu la ramènes illico.*

— *Okay*, répondit une voix dans une voiture. *J' la ramène à Mount Hope ?*

— *Me fais pas répéter. Ouais. Et tâche qu'il n'y ait pas de traces derrière toi. Faut que tes gars nettoient tout le bastringue.*

Une plaisanterie vulgaire passa sur les ondes et

le silence radio s'installa. Tout en conduisant, Bolan réfléchissait à la situation. Dans la matinée, il avait passé la disquette informatique remise par Turrin dans son ordinateur de bord. Le logiciel présentait la situation locale d'après une infinité de renseignements obtenus patiemment par le Bureau fédéral au cours des années jusqu'à maintenant. C'est ainsi qu'il avait pu connaître les noms des protagonistes, leurs pedigrees et leurs activités du moment, du moins celles qui étaient apparentes. Par contre, il était clair que les G'men ignoraient tout de la combine mise récemment sur pied par Morana et son staff. Bolan en avait appris quelques bribes par Emmerson, mais c'était trop insuffisant pour s'en faire une idée précise.

D'autre part, si la jeune femme aperçue au moment du repli de la Mafia était bien Deborah Keller, l'épouse de Emmerson, une explication s'imposait : quel jeu jouait-elle ? Et Bolan était certain qu'il s'agissait de Debbie Keller, aucun doute là-dessus. Et l'image qu'il avait eue d'elle à travers son télescope ne correspondait pas du tout à celle d'une personne kidnappée par de vilains méchants. Mis à part le fait qu'elle avait sans doute dû être effrayée par la fusillade, son attitude laissait plutôt penser qu'elle était libre de ses mouvements. Alors ou se situait le tournant vicieux ?

La radio recommença à se manifester :

— *On y va, Joss. C'est dans trois cents mètres. Dis donc, est-ce qu'il y aura des nanas, là-bas ?*

— *Te fais pas d'idées, mec. C'est pas une partie de plaisir.*

La seconde voix reprit après une longue pause :
— *Joss... Est-ce que tu penses comme moi ?*
— *Qu'est-ce que tu veux dire ?*
— *C'était un coup de Ness, hein ? Ça peut être que lui...*
— *Ferme ta gueule, connard. Ce bidule, c'est pas un truc dans lequel on peut dégueuler n'importe quoi*
— *T'énerve pas, je disais ça comme ça. Les gars avec qui je suis se posent aussi la question.*
— *Tu l'as posée, maintenant ferme-la.*
— *Bon. Voilà l'embranchement, je vais chercher la... enfin la chose de qui tu sais.*
— *C'est ça. Et magne-toi le cul.*

Le dialogue s'interrompit. Bolan eut un sourire. Ils semblaient avoir mordu à l'appât.

A environ cent cinquante mètres devant lui sur l'expressway, une voiture sombre quitta le convoi pour emprunter la sortie en direction de Springdale. L'Exécuteur s'y engagea à son tour. Il savait où retrouver plus tard le gros de la troupe.

Le véhicule qu'il suivait à présent était une Lincoln Mark V occupée par quatre hommes. Une faible circulation traçait son chemin sur la chaussée rectiligne et il leur laissa prendre un peu d'avance pour éviter de se faire repérer avec son gros module, profitant de la facilité de conduite pour réfléchir à nouveau aux événements qu'il avait créés.

Exactement comme il s'y était attendu, la Mafia avait battu en retraite. Ils n'avaient certainement pas imaginé que le commando qui les avait assaillis se résumait à un seul homme. Dans le désarroi de l'action, les *amici* avaient plutôt dû croire qu'il s'agissait d'une équipe de tueurs d'élite envoyés par le vieux Ness. Et c'était précisément ce que Bolan avait voulu. D'autre part, de toute évidence, Morana et sa bande ne souhaitaient pas qu'il y eût des vagues susceptibles de venir perturber leur combine; encore moins une confrontation avec la police. Les flics allaient tomber sur une maison complètement déserte et probablement que les « boss » auraient un alibi en béton armé et que, lorsqu'ils seraient finalement interrogés, ils certifieraient s'être trouvés loin du sinistre, affirmant ne rien comprendre à cet ignoble attentat. Ils s'indigneraient. Morana interviendrait sans doute en personne à la mairie de Cincinnati pour que des mesures de rétorsion soient prises. Il hurlerait au vandalisme et à l'incapacité des forces de l'ordre. C'était la vieille routine.

CHAPITRE V

Les quatre tueurs venaient de quitter la Lincoln noire qui avait été garée dans l'allée d'une petite propriété de Lockwood Hill. Trois d'entre eux pénétrèrent dans la maison en bois aux trois quarts délabrée, tandis que le dernier prenait position devant la façade.

Bolan engagea son *van* dans un chemin de terre perpendiculaire à la route, une centaine de mètres avant la masure. La voie qu'il venait de quitter était peu passante, il n'y circulait de voiture que toutes les vingt ou trente secondes. Une planque rêvée pour la Mafia et en même temps pour l'Exécuteur.

Il trouva un abri de broussailles, y enfonça le mobil home et enfila immédiatement sa sinistre combinaison noire de combat, s'équipant seulement du Beretta silencieux, d'un poignard de commando et de deux garrots en nylon qu'il fixa à son ceinturon. Le 9 mm était niché sous son aisselle gauche dans un holster à « arrachement ».

Par la vitre abaissée, il pointa ses jumelles à

travers une trouée de broussailles qui lui dégageait la vue sur la demeure lugubre.

Le type laissé en faction marchait lentement devant la façade, regardant plus souvent ses pieds que le terrain alentour, n'imaginant visiblement pas la possibilité d'une agression venue de l'extérieur. Il se sentait en sécurité dans ce lieu isolé où l'on n'apercevait pas la moindre maison à perte de vue.

La pluie recommença à tomber, fine et insistante, alors que Bolan arrivait silencieusement aux abords du terrain vague qui tenait lieu de jardin autour de la construction. Le soldat alla se réfugier sous l'auvent de la porte d'entrée et remonta le col de son imperméable. Cela n'arrangeait pas l'Exécuteur. Il se faufila entre deux haies, s'approcha d'un angle de la façade tandis qu'un coup de tonnerre lointain roulait dans la campagne. Puis il demeura en attente, échafaudant un nouveau plan pour neutraliser la sentinelle.

Les persiennes de la baraque étaient closes ; pas un son, pas un bruit n'en sortait. Il n'y avait que le murmure lancinant du crachin sur les feuilles et, parfois, le grincement de la marche sur laquelle se tenait l'homme en surveillance. Puis un volet s'entrouvrit au premier et dernier étage, la forme d'une tête se découpa dans l'ouverture et une voix coléreuse mais étouffée se fit entendre :

— Bud ! Où t'es ?

Le *soldat* descendit les deux marches du perron et releva la tête :

— J' suis là. Pourquoi ?

— Pourquoi, pourquoi ?... miaula l'autre. Tu veux que j' te fasse un dessin ?

— Merde, y flotte. Ecoute, Jack...

— Rien du tout. On t'a demandé de veiller au grain, pas de te mettre le cul au sec.

— Mais y a pas un chat par ici, protesta la sentinelle.

— Mate plutôt si tu vois pas un chien galeux du vieux con.

— Tu crois que...

— Putain ! M'oblige pas à descendre ! Fais ton boulot et boucle-la.

La tête disparut, la persienne se referma en grinçant et le tueur en imperméable recommença son mouvement de va-et-vient dans l'herbe luisante de pluie. Il shoota en grognant dans un morceau de bois pourri, s'approcha de la haie derrière laquelle était dissimulé l'Exécuteur. Bolan attendit qu'il ait fait demi-tour pour repartir dans une autre direction, puis bondit souplement. D'un geste rapide, il passa un garrot autour du cou du mafioso et serra aussitôt en plaquant l'homme contre lui pour l'entraîner dans les broussailles. Dès le début de l'attaque, le type avait lancé les mains vers sa gorge pour tenter de se défaire de l'étreinte qui lui coupait la respiration, mais il y renonça aussitôt. Les fibres synthétiques étaient déjà trop profondément enfoncées dans sa peau et sa chair. Dans un réflexe, il essaya de saisir son revolver, sous son imperméable, mais Bolan le souleva du sol et le plaqua à terre, le visage et la poitrine contre l'herbe. Un genou appuyé sur le dos du malfrat pour lui interdire tout mouvement, il accentua la strangulation et ne relâcha son effort que lorsqu'il fut certain que le mafioso avait cessé de vivre.

Le cadavre dissimulé dans la végétation, Bolan se lança à découvert en direction de la construction délabrée. Il fit une courte halte contre un angle pour écouter les éventuels bruits de la vieille demeure.

Qu'est-ce que la Mafia pouvait bien planquer de si précieux dans un endroit aussi isolé et en s'entourant de telles précautions ? On aurait dit que le type qui avait parlé à la fenêtre avait eu peur d'être entendu par des oreilles indiscrètes, comme s'il y avait eu un trésor inestimable à l'intérieur.

Ce n'était guère l'instant de se poser la question. Il fallait aller voir ce qu'il y avait à découvrir dans les lieux. Bolan courut le long de la façade, s'engagea sous l'auvent et poussa doucement la porte d'entrée qui n'opposa aucune résistance. Il entra, referma le battant derrière lui et inspecta le petit hall dans lequel il venait de déboucher : une dizaine de mètres carrés tout au plus. Au fond commençait un escalier menant à l'étage et, sur les côtés, il vit deux portes qui devaient desservir des pièces au rez-de-chaussée. Sous la cage d'escalier, une troisième porte était ouverte, démasquant des marches qui s'enfonçaient dans le sol.

Tout de suite, Bolan avait été assailli par une odeur désagréable. Il grimaça. C'était une odeur qu'il ne connaissait que trop bien et qui, selon son estimation, provenait de la cave ou de ce qui en tenait lieu. Ce fut par là qu'il décida de commencer à investir les lieux. Beretta au poing, il descendit doucement les degrés en béton composant l'escalier à vis.

A mesure qu'il s'enfonçait sous terre, l'odeur devenait plus forte, presque intolérable. Il s'arrêta subitement en entendant des bruits de voix. Quelqu'un parlait et riait dans une pièce contiguë située en contrebas. Bolan finit de descendre les marches, atterrit dans un couloir étroit faiblement éclairé par une lueur qui filtrait par une porte à claire-voie. C'était de là que provenait la voix qu'il avait perçue. Il risqua un œil entre deux planches du battant et distingua deux silhouettes qui s'affairaient à une mystérieuse besogne dans la clarté blafarde d'une lampe à gaz. Le champ visuel était étroit, mais Bolan vit qu'ils s'escrimaient à refermer les pans d'une bâche sur quelque chose d'indistinct qui reposait sur une table. Des objets flous étaient suspendus au plafond par des ficelles.

Le plus proche lança une plaisanterie qui provoqua l'hilarité de son compagnon. Ce fut l'instant que choisit l'Exécuteur pour se manifester. Tirant brusquement à lui la porte en planches, il s'introduisit dans la cave. Celui qui s'esclaffait l'aperçut le premier et cessa subitement de rire. Après une seconde de stupéfaction, il plongea la main sous son aisselle et reçut le cadeau brûlant d'une ogive parabellum en furie qui lui disloqua le haut du crâne et l'envoya valser sur un tas de caisses empilées derrière lui. L'autre se retourna juste à temps pour prendre une seconde balle dans le nez et éternuer une partie de sa cervelle. Il battit l'air avec ses bras comme quelqu'un qui cherche à défier les lois de la pesanteur, se tassa lentement sur lui-même, puis s'avachit avec un bruit mat sur le sol de terre battue.

Bolan rengaina son Beretta. Il enjamba la dépouille d'un mafioso pour s'approcher de la table et entreprit de rabattre la bâche autour de ce qui ressemblait à un grand saucisson. Puis il demeura de longues secondes immobile à observer la chose étendue devant lui. Un frisson d'horreur lui arracha un petit tic à la joue. Depuis le début de sa campagne contre la Mafia, il avait connu toutes sortes d'atrocités, mais jamais il ne pourrait se faire à ce qu'il contemplait présentement avec dégoût et pitié. La bâche contenait un homme, ou plutôt ce qui en restait. Un corps aux blessures profondes, mutilé, auquel il manquait un avant-bras et un pied ainsi que ses organes génitaux. On avait découpé les paupières du malheureux dont la poitrine et le ventre étaient criblés de brûlures de cigarettes. Une matière visqueuse ressemblant à du goudron avait été badigeonnée sur ses plaies pour stopper les hémorragies.

Le visage figé, Bolan leva les yeux vers les « objets » qui pendaient au-dessus du corps, accrochés à une poutre par des bouts de corde. Un pied, un avant-bras, des testicules. De nouveau, il eut un imperceptible tressaillement. L'inhumanité des méthodes utilisées par la Mafia ne l'étonnait plus depuis bien longtemps, mais il en éprouvait à chaque fois un intolérable sentiment de dégoût qui le remuait jusqu'au tréfonds de son être. Il sentit une rage froide, meurtrière, monter en lui et le sang battit plus fort dans ses artères.

Un *turkey*. Un « dindon », selon le nom donné par les *amici* aux pauvres diables qu'ils coinçaient et qu'ils emmenaient faire une balade très spéciale, non pas avec une balle bien placée en bout de course, mais dans un endroit comme celui-ci où on les soumettait pendant des heures ou des jours à toutes sortes de supplices issus de l'imagination démentielle d'individus qui n'avaient plus rien d'humain. Une balade au pays de l'horreur.

Bolan avait déjà vu d'autres corps « travaillés » de la sorte. La raison de tels actes correspondait soit à un interrogatoire, soit à une punition. Dans le second cas, il s'agissait de faire savoir, à ceux qui auraient eu l'idée saugrenue de trahir ou d'aller à l'encontre des intérêts de la Cosa Nostra, le sort qui leur serait réservé. L'interrogatoire, lui, relevait d'une technique différente, bien que le résultat physique soit similaire. On commençait par apprendre au futur supplicié ce qu'on allait lui faire s'il refusait de parler. Pour le placer en condition. Puis il était battu et si sa résistance était faible, s'il déclarait prématurément qu'il acceptait de répondre à toutes les questions, on l'attachait malgré tout à une chaise ou sur une table et les festivités commençaient. On lui arrachait des morceaux de peau ou de chair au scalpel, on le brûlait avec des cigarettes, ménageant des pauses pour qu'il puisse parler tandis qu'un magnétophone enregistrait ses déclarations. Et les mutilations commençaient, savamment dosées. Les *amici* ne s'attaquaient pas seulement au corps physique de leur proie, mais aussi à son intégrité psychique. Le but de la séance de torture consistait à briser l'esprit et l'âme de la victime grâce à la peur poussée à son paroxysme, le choc émotionnel, la douleur et l'horreur.

Les bourreaux savent qu'ils ont réussi quand le « sujet » commence à leur raconter les méfaits oubliés de son enfance, ses fantasmes secrets et ses mauvaises pensées. Lorsque celui-ci a vidé son sac, ils continuent, encore et encore, lui reposent les mêmes questions présentées différemment, assorties de plaisanteries ignobles qui ont pour effet de pousser toujours plus loin le sentiment d'épouvante du supplicié qui n'a plus alors qu'une seule pensée : plaire à ses tortionnaires pour faire cesser ce qu'il endure.

Bolan comprit qu'il s'agissait d'un interrogatoire en découvrant le petit magnétophone portatif posé sur une caisse, dans un angle de la cave. Malheureusement, il était vide. La Mafia n'avait laissé aucune cassette sur place. A côté de l'appareil, il vit quelques objets qui avaient sans doute appartenu au pauvre type : de la monnaie, un portefeuille, un petit trousseau de clés et une plaque métallique du FBI. Il plaça la plaque et le portefeuille dans une de ses poches.

Combien y avait-il encore d'hommes dans la maison ? L'Exécuteur en avait liquidé trois ; restait le quatrième, plus peut-être un autre qui avait dû assurer la garde de la planque, en toute logique.

Mais ce qu'il venait de découvrir n'expliquait en rien le secret qui semblait auréoler les lieux.

Pourquoi donner tant d'importance à la séquestration et l'interrogatoire d'un flic fédéral qui avait de toute évidence eu la malencontreuse idée de venir renifler d'un peu trop près les affaires plus que douteuses de Morana et compagnie.

Il cessa d'y réfléchir lorsqu'il perçut un cri étouffé par l'épaisseur des cloisons. Il fonça d'instinct, souple et silencieux sur ses bottes de combat, le Beretta au poing et prêt à cracher la mort. Il déboucha dans le petit hall à l'instant où un second cri retentit en provenance de l'étage. C'était un cri de femme, presque un hurlement de terreur.

Dès qu'il commença d'émerger sur le palier de l'étage, Bolan eut l'image d'un type qui se tenait de dos, les mains dans les poches de son pantalon et qui regardait vers le fond de l'unique couloir desservant des pièces latérales. Celui-ci se retourna en sentant une présence derrière lui. Son visage se figea à la vue de Bolan et il mourut silencieusement, sans bien comprendre ce qui lui arrivait, d'une balle qui lui entra par un œil et se vrilla dans sa cervelle.

Bolan enjamba le corps, progressa vers le fond du couloir où une porte était restée ouverte et qui laissait échapper un flot de paroles précipitées accompagnées de jurons. Il vint prendre position dans l'encadrement de la porte et observa brièvement la scène.

C'était une chambre en désordre avec un lit pour une personne. Il y faisait relativement froid et surtout humide. Les volets avaient été tirés contre la fenêtre et attachés avec une chaîne munie d'un cadenas, ce qui plongeait la pièce dans une semi-obscurité que n'éliminait que partiellement une lampe portative posée sur une caisse en bois tenant lieu de table de chevet. L'Exécuteur vit tout cela en un clignement d'yeux. Mais ce qui l'intéressait avant tout, c'étaient les acteurs en train de jouer la scène inattendue.

La fille entièrement nue, attachée par des menottes à une canalisation d'eau, fixait un type à l'énorme carrure qui se tenait de dos par rapport à l'Exécuteur. Ses yeux exprimaient à la fois la crainte et le défi. Dans la lumière faible de la lampe portative, Bolan vit qu'elle avait une marque à la joue, sans doute due à un coup qu'elle venait de recevoir, et elle tenait sa main libre devant elle dans une protection bien illusoire.

Le gorille terminait une phrase hargneuse, penché vers la fille :

— ... t'as pas intérêt ! Recommence un coup comme ça et je t'arrache les nichons, salope.

Le regard de la prisonnière dévia vers la porte et ses yeux s'agrandirent lorsqu'elle aperçut la silhouette armée de Bolan. Le mafioso commença à se retourner, sentant la présence dans la pièce et croyant sans doute avoir affaire à un acolyte. Il grogna et expliqua en se tenant la main :

— Cette pouffiasse m'a mordu. Elle voulait pas que j' l'attache. Tu te rends compte de...

Dans le mauvais éclairage, il s'écoula deux ou trois secondes avant qu'il réalise sa méprise et aperçoive l'automatique dont le mufle était braqué dans sa direction. Il s'arrêta net de respirer, ouvrit la bouche en même temps que sa main droite esquissait un mouvement vers l'ouverture de sa veste. Mais l'instinct de conservation joua plus vite que son envie de jouer aux héros. Il propulsa prestement ses bras vers le plafond en s'exclamant :

— Non ! Putain ! Pas ça.

La fille s'était redressée. Elle cria rageusement :

— Tirez ! Tuez ce salaud. Mais qu'est-ce que vous attendez ?...

— Attends, coassa le truand. On peut discuter.

— Tu as quelque chose à me dire ? s'enquit la voix glaciale de Bolan.

— Je... je... Je peux t'expliquer. Putain... Je...

Mais Bolan n'avait pas envie d'entendre les explications du type. Il n'en avait pas besoin non plus, ce qu'il voyait s'expliquait tout seul. Son index se replia doucement sur la détente du Beretta 93-R qui émit un soupir rauque. Atteint en plein front, le gorille recula de deux pas et buta contre le lit sur lequel il s'écroula d'une masse, inondant les draps de sa cervelle et de son sang.

Bolan le fouilla. Il trouva tout de suite la clé des menottes et délivra la fille nue à qui il demanda :

— Vous avez des vêtements quelque part ?

— Je... Je crois qu'ils les ont emmenés dans la pièce à côté.

— Allez les chercher et habillez-vous, conseilla-t-il. Nous quittons cette baraque.

Sans plus s'occuper d'elle, il alla visiter les autres chambres de l'étage. Sans grande conviction, car il pensait qu'il ne s'agissait là que d'une planque où il ne découvrirait rien de particulièrement intéressant au sujet des gros pontes de la combine locale.

Habituellement, Bolan ne tirait pas sur un homme désarmé ou qui s'était rendu. Mais ce qu'il avait vu en bas lui avait tellement remué les tripes qu'il n'était aucunement enclin à accorder sa clémence à des types capables de pareilles atrocités. Et, dans ce cas précis, il redevenait une froide machine à tuer, il refoulait au fond de lui tout sentiment de commisération. Lorsqu'il était soldat, sur les champs de bataille du Sud-Est asiatique, les habitants des villages persécutés par les troupes communistes lui avaient donné le surnom de « Sergent Miséricorde ». Il avait sauvé de nombreux enfants au péril de sa propre vie, il avait même épargné souvent des adversaires qu'il tenait à sa merci, soit parce qu'il estimait que ceux-ci étaient trop jeunes pour mourir, qu'ils n'avaient rien compris à la guerre infiniment stupide dans laquelle on les avait jetés, ou tout simplement parce que, parfois, il était trop écœuré du carnage pour appuyer sur la détente de son arme. Mais il savait aussi que la grâce ne s'accorde qu'aux vrais soldats, aux hommes qui se battent pour défendre la patrie ou un idéal quel qu'il soit. Pas à des individus dévoyés et sadiques comme celui qu'il venait d'abattre.

Ainsi qu'il s'y attendait, il ne découvrit rien qui pût l'intéresser, ni à l'étage ni au rez-de-chaussée. Il appela la fille qui le rejoignit quelques secondes plus tard, pieds nus, une paire d'escarpins à la main. Elle avait passé une courte jupe froissée, un gros pull-over en laine et un blouson en daim par-dessus.

Bolan l'observa pendant quelques secondes. Ce qu'il avait vu d'elle, tout à l'heure, était l'image d'une jeune femme superbe, vraisemblablement sportive, et en tout cas très attirante. Habillée, elle paraissait appartenir à la bonne société, malgré la pâleur de son visage, ses yeux légèrement cernés et la trace rouge qu'elle portait à la joue, souvenir du coup qu'elle avait reçu.

Quel âge pouvait-elle avoir ? Vingt-quatre, vingt-cinq ans tout au plus. Et surtout, que venait-elle faire dans la galère immonde de la Mafia ?

Ainsi campée devant lui, ses escarpins à la main, elle avait l'air d'une biche aux abois qu'un amoureux de la nature vient de sauver temporairement des griffes des chasseurs.

Et qui était-elle ? Elle ne ressemblait pas à une femme-flic, encore moins à une aventurière.

Autant de questions que Bolan décida pour l'instant de différer. Il en était sûr, les réponses viendraient d'elles-mêmes. En temps voulu.

— Vous avez l'intention de sortir comme ça ? demanda-t-il en désignant les escarpins.

Elle eut un petit sourire grimaçant et se chaussa. Puis ils s'élancèrent sous la pluie qui redoublait de force.

CHAPITRE VI

Le lieutenant John O'Kief sortit sur le seuil de la maison dévastée en promenant autour de lui un regard qui en disait long sur sa perplexité. Derrière lui, à l'intérieur du hall, le sergent Peter Manetti cherchait à voir par-dessus son épaule ce qui se passait dans le parc où des policiers et des infirmiers s'activaient à reconstituer le drame et à chercher d'éventuels survivants du carnage. Parfois, on entendait une exclamation lorsqu'un policier se penchait sur un corps..

— Ahurissant. C'est proprement ahurissant, ce qui s'est passé ici, commenta O'Kief pour lui-même.

Le sergent Manetti se faufila à côté de lui pour regarder le spectacle de désolation qu'il n'avait fait qu'entrevoir en arrivant sur les lieux. On allongeait des cadavres l'un à côté de l'autre et cet alignement de corps partiellement déchiquetés avait quelque chose de poignant sous la pluie froide qui continuait de tomber inlassablement du ciel couvert d'une immense chape de nuages gris sale. On aurait dit que les dieux appesantissaient un linceul sur la région.

— On pourrait croire qu'il y a eu une guerre dans cette propriété, acquiesça Manetti. Tous ces types morts, la baraque éventrée...

— Ouais. Mais où était l'adversaire ? On n'a encore trouvé aucun indice d'une quelconque agression à proximité. Il faut être au moins deux pour faire une guerre.

O'Kief fit quelques pas dans le parc et se retourna pour observer le bâtiment dont la plupart des fenêtres aux vitres pulvérisées bâillaient comme des bouches édentées.

— Je me demande... commença-t-il.

Il marqua une pause, les yeux plissés par un effort de réflexion. Manetti respecta son silence, guettant les mots qu'il allait prononcer.

— Je me demande s'il faut vraiment interpréter les impacts dans le salon comme une signature.

— Vous pensez à Daglione.

— Evidemment. Ness Daglione. C'est ce qui vient tout de suite à l'esprit.

— Ce serait étonnant que le vieux Ernesto ait pris un tel risque. C'est pas dans ses habitudes, fit valoir Manetti. Il y a longtemps qu'il a abandonné les vieilles méthodes pour se consacrer à des combines tranquilles.

— Exact. Le fait est pourtant que Morana et Figarone sont en train de lui bouffer carrément son territoire depuis quelque temps. Et la question se pose : pourquoi le vieux renard n'a-t-il eu aucune réaction ?

— Vous appelez ça un manque de réaction ! fit

Manetti en grimaçant, désignant l'alignement des cadavres et la maison sinistrée.

Le lieutenant O'Kief se tourna vers lui et le regarda comme s'il ne le voyait pas.

— Qui vous dit que le coup vient réellement de Daglione ?

— Ben... Je n'affirme rien. Au contraire, je ne fais que constater les dégâts. Il faut bien commencer par quelque chose.

— Bien sûr.

— Si on s'attache aux apparences...

— Ouais, les apparences !

— Ecoutez, lieutenant, je... C'est difficile d'émettre une hypothèse, comme ça d'emblée, mais...

— Continuez, Peter.

— Evidemment, on peut se tromper, mais supposons un instant que quelqu'un ait voulu faire croire qu'il s'agissait d'une réaction de Ness Daglione...

— Vous voulez dire qu'il ne s'y serait pas pris autrement ?

Manetti se mordilla les lèvres, embarrassé.

— Pourquoi pas, après tout ?

— Votre raisonnement n'est pas idiot, sourit O'Kief. Du moins peut-on l'admettre en tant qu'hypothèse de travail.

— C'est vrai, vous le pensez réellement ?

Le lieutenant lui expédia une petite tape sur l'épaule, puis s'avança vers un expert en balistique qui était penché sur un cadavre en compagnie d'un agent en uniforme.

— Où en sommes-nous ? demanda-t-il au technicien.

L'autre releva la tête, fit une moue désabusée :
— Rien vu de pareil depuis que j'exerce ce foutu métier. Ça ne correspond en rien aux règlements de comptes classiques.
— Ce n'est pas ce que je vous demandais, répliqua sèchement O'Kief. Sur le plan pratique ?
— Eh bien, je peux déjà affirmer que tous ces hommes ont été abattus par des armes de très gros calibre. Probablement du .444 ou même du .460. Voyez les dégâts... Par ailleurs, j'ai pu récupérer quelques ogives. Bien qu'elles aient été complètement déformées ou pulvérisées au moment des impacts, ça semble correspondre.
— Quelles armes utilisent ce calibre ?
Le balisticien haussa doucement les épaules.
— Une gamme relativement étendue. En .444, vous avez la Marlin, la Winchester et trois ou quatre autres carabines faites pour la grande chasse. S'il s'avère qu'il s'agit d'un .460, l'échantillonnage est beaucoup plus restreint.
— La Weatherby, par exemple, mentionna O'Kief qui semblait poursuivre une idée.
— Exact. C'est une arme très réputée et qui peut tuer un éléphant à grande distance. La poussée initiale est énorme, c'est presque un canon.
Le lieutenant fixa étrangement le visage de la victime étendue à ses pieds. Tout le haut du front avait été arraché à la boîte crânienne comme par un coup de marteau-pilon, dévoilant le magma sanguinolent qui constituait ce qui restait du cerveau.
— Avez-vous une idée de l'endroit d'où a été déclenché le feu ? questionna-t-il.

— C'est difficile à préciser, mais en première estimation, c'est venu de cette direction, là-bas. Vous voyez la petite colline...

— Ça fait au moins trois cents mètres.

— Je dirais plutôt entre quatre et cinq cents mètres, corrigea l'expert. C'est une bonne position d'attaque et c'est la seule probable, compte tenu du terrain à découvert jusque-là, de l'angle des impacts et de la position des corps. Mais il faudra une analyse plus poussée pour en être sûr.

O'Kief jeta un coup d'œil au sergent Manetti dont le visage avait pris une expression songeuse. Il questionna encore :

— A votre avis, combien y avait-il de tireurs ?

— Vous me posez une colle, lieutenant. Peut-être quatre ou cinq, ou plus, à condition qu'ils aient tous eu le même armement. Ce que je peux affirmer, c'est qu'il y a eu un début de défense de la part des hommes qui étaient dans les lieux. Mais ça n'a pas dû être bien efficace. On ne leur a laissé aucune chance. Une vraie boucherie !

— Croyez-vous possible qu'un seul tireur ait fait tout ce boulot ?

— Eh bien... A la réflexion, ça ne paraît pas impensable. Un type super-entraîné, un ancien *sniper* de l'armée, par exemple, et qui aurait eu l'avantage de l'effet de surprise. Mais ce n'est qu'une éventualité assez improbable, je...

— Okay, coupa O'Kief. Merci pour les tuyaux et faites-moi parvenir d'urgence votre rapport.

Il adressa un petit signe au technicien et s'éloigna vers sa voiture, le sergent Manetti sur les talons.

— Ça semble se préciser, hein ? fit Manetti en se laissant tomber sur le fauteuil passager.

— Quoi ? grogna le lieutenant perdu dans ses pensées.

— Je suppose que vous n'avez pas posé toutes ces questions pour rien. Vous avez une idée, n'est-ce pas ?

— On me paye pour avoir des idées sur les meurtres et les assassinats, Peter. Mais je ne déduis jamais rien à partir de vagues suppositions, si c'est ce que vous voulez savoir.

Il alluma une cigarette, tira lentement dessus tout en réfléchissant, puis il demanda :

— Quelle est la foutue connerie que vous avez dans la tête, sergent ? Allez, déballez vos cogitations.

— Si vous me promettez de ne pas me traiter de cinglé ou de mythomane.

— Ça dépend.

Manetti eut un petit ricanement.

— Vous ne vous compromettez pas, hein ? Bon, je dois d'abord vous dire que depuis environ deux ans je m'intéresse à certaines affaires de haute criminalité. J'étudie des dossiers, si vous préférez.

— Ça prouve que vous êtes un bon flic.

— Je ne recherche pas les compliments, lieutenant. Je me suis surtout intéressé à un certain individu recherché par toutes les polices du pays. Un type souvent habillé tout en noir, si vous voyez ce que je veux dire.

— Ouais. Je crois que je vois, répliqua O'Kief d'une voix légèrement tendue.

Manetti alluma une cigarette à son tour, sous l'œil impatient du lieutenant, et reprit :

— Et j'en arrive à me demander si ce sacré mec ne serait pas tout simplement venu faire une promenade dans cette région. Ce qui s'est produit ici correspond assez bien à ses méthodes d'attaque. Je crois qu'on appelle ça le *blitzkrieg*, la guerre éclair. Et j'ai bien l'impression que vous avez la même idée que moi, lieutenant. Est-ce que je me trompe ?

Il y eut un silence pesant entre les deux hommes. Puis O'Kief grogna :

— J'avoue que j'envisage cette possibilité, sergent. Dans notre métier, on doit s'efforcer de ne rien omettre, même les éventualités les plus invraisemblables.

— Mais celle-ci ne vous paraît pas tellement invraisemblable, n'est-ce pas ? Après tout, cette cité recèle d'innombrables magouilles qui pourraient bien attirer ce type par ici. On ne doit pas oublier que Cincinnati est une ville qui dort sur un monceau d'ordures auxquelles nous, les flics, n'avons pratiquement pas le droit de toucher. Tout est protégé par des gens bien placés et ceux qui ne palpent pas d'enveloppes ont bien trop peur d'être dérangés par les odeurs pestilentielles. Depuis l'époque des affrontements entre bandes rivales, la population se force à croire qu'elle vit dans une cité normale, que tout va pour le mieux, alors que nos égouts sont remplis de rats qui bouffent les habitants tout doucement jusqu'à la moelle sans même qu'ils s'en aperçoivent. Serait-ce si farfelu de penser que ce gus en noir a débarqué dans nos murs ?

Au terme de sa tirade, Manetti écrasa un peu nerveusement sa cigarette dans le cendrier de bord. Alors que son chef gardait le silence, il maugréa :

— Vous ne m'avez pas écouté, lieutenant. Vous pensez que je suis complètement givré ?

— Je vous ai écouté, sergent, renvoya sèchement O'Kief. Vous pourriez avoir raison. Peut-être. Mais je vous ai dit qu'on ne doit tirer d'hypothèses qu'à partir de faits tangibles et ne jamais se laisser aller trop loin dans les suppositions.

— Et ça, ce n'est pas un fait tangible ? fit Manetti en désignant de la main le parc où s'accumulaient les corps sans vie et la maison aux murs constellés d'éclats, aux fenêtres brisées par de gros projectiles. Si c'est un fantôme qui a fait tous ces dégâts, ou s'il s'agit d'une hallucination collective, je suis prêt à rendre ma plaque et à me recycler dans les hamburgers. Si vous voulez connaître mon sentiment, lieutenant, ça me ferait assez plaisir que ce Bolan se soit parachuté chez nous pour flanquer un coup de balai à la racaille de Cincinnati. Oh oui, je suis sûr qu'après ça, les gens se sentiraient beaucoup mieux et que de nombreux politiciens et fonctionnaires pourraient se regarder le matin sans avoir à se demander quels nouveaux services bien dégueulasses on va leur réclamer en échange des pots-de-vin qu'ils touchent...

O'Kief parut sortir brusquement d'une longue méditation et jeta abruptement :

— Taisez-vous, sergent. Vous ne savez pas ce que vous dites. S'il s'avérait exact que ce type est réellement dans nos murs, ce serait la plus grande catastrophe que la ville ait eu à subir. Priez plutôt le ciel que ce ne soit pas vrai. Partout où passe Bolan, ce n'est que ruines, cadavres, feu et sang. Vous pouvez émettre des hypothèses, mais vous n'avez pas le droit de prendre position. Vous oubliez ce qu'il est : un criminel qui bafoue constamment la justice, qui s'adjuge le droit de vie et de mort sur des citoyens américains...

— Vous avez dit citoyens ? ricana Manetti. De drôles de citoyens, ouais !

— Fermez-la ! Que vous le vouliez ou non, ces gens ont les mêmes droits que n'importe qui devant la Constitution tant qu'ils ne sont pas convaincus de méfaits. Et c'est votre premier devoir de flic de faire appliquer la loi, pas d'encenser un criminel sous prétexte qu'il se donne l'apparence d'un soi-disant Robin des bois. Bolan n'est pas un héros, c'est une monstrueuse épine plantée dans la machine juridique. Il est la honte de la police sur une échelle nationale. Alors, ne me parlez plus de lui en ces termes, et si vous n'êtes pas d'accord avec moi, je vous fais flanquer en disponibilité jusqu'à ce que vous ayez les idées un peu plus claires.

Le lieutenant se tut et poussa un énorme soupir. Il savait de quoi il parlait. Lui aussi avait étudié le dossier relatif à une certaine combinaison noire. Secrètement il ne pouvait se cacher qu'il éprouvait une bonne dose d'admiration pour ce singulier guerrier lancé dans un affrontement démentiel contre une organisation d'ordures de tout crin, depuis le voyou de la rue jusqu'aux échelons les plus élevés du pays. Au fond de lui-même, il pensait que la honte réelle n'était pas que Bolan soit encore en liberté, mais que ce soit lui qui fasse le travail des policiers.

Mais O'Kief était flic avant tout. Il avait prêté serment devant la Constitution et il n'était pas homme à trahir. Il irait jusqu'au bout de ses responsabilités, si toutefois il s'avérait que le grand tueur dingue était venu traîner ses bottes dans le coin.

Il décrocha le micro de la radio de bord et commença à lancer un message réclamant la mise en intervention immédiate des forces spéciales anticrime du C.P.D. — *Cincinnati Police Department* — et demandant qu'une liaison soit établie d'urgence avec l'antenne locale du Bureau fédéral.

Si seulement tout cela n'était qu'une erreur d'interprétation...

Si Bolan n'avait rien à voir avec la tuerie dans la maison de Morana...

Des hypothèses, ouais.

Mais, ainsi qu'il l'avait affirmé à Manetti, il n'était pas question de négliger la moindre éventualité, surtout lorsqu'apparaissaient les prémices d'une bagarre à grande échelle.

O'Kief souhaitait ardemment ne pas avoir à s'opposer au grand guerrier en noir. Mais il ne voulait pas non plus que sa ville devienne un champ de bataille.

CHAPITRE VII

Elle n'avait pas desserré les dents depuis qu'ils avaient pris la route. Pourtant, elle avait manifesté un certain étonnement lorsque son sauveur lui avait fait escalader la haute marche donnant accès à la cabine de conduite du mobil home. Sans doute s'était-elle attendue à un véhicule officiel ou, au contraire, à une rutilante limousine en usage chez les pontes de la grande pègre. Qui sait ? Pourtant, elle était demeurée dans le mutisme le plus absolu, paraissant prendre la situation avec fatalisme et s'attendant peut-être à ce que le grand type assis à côté d'elle prenne l'initiative de la conversation.

Mack Bolan, lui, conduisait tout en réfléchissant, exactement comme s'il avait été seul à bord. Il avait d'abord roulé sur White Oak Road en direction de Cincinnati et s'apprêtait à infléchir la trajectoire vers le NorthWest Expressway quand il y eut un appel sur le radio-téléphone de bord. Il décrocha et annonça sobrement :

— Oui.

— *Stricker,* fit la voix de Léo Turrin, *il y a du nouveau. C'est clair de ton côté ?*

— Pas tout à fait.

— *Tu n'es pas seul ?*

— Non, mais vas-y.

— *Je ne veux pas prendre le risque de parler à travers l'atmosphère dans cette boîte à parasites. Quelqu'un pourra te mettre au courant.*

— Précise.

— *C'est une personne que tu connais bien, il est arrivé chez toi et il attend que tu te manifestes. Contacte-le à l'antenne fédérale.*

— OK. C'est tout ?

— *Pour l'instant, oui. Mais ça devrait t'aider sérieusement. Je te donne son identification : PFCL 2.*

Bolan traduisit par *Phoenix Force,* une unité spéciale de police placée sous les ordres de Harold Brognola lui-même dépendant directement de la Maison-Blanche. Les deux dernières lettres étaient les initiales de Carl Lyons, un jeune flic qui avait choisi de consacrer sa vie à la lutte contre le terrorisme et le grand banditisme.

— *Comment ça se passe de ton côté ?* reprit Turrin.

— Pas trop mal. Je vois un peu de lumière devant moi.

— *Fais vachement gaffe, Stricker. Cette ville ne dort qu'en apparence. Nous avons toutes les raisons de penser que le second clan local prépare un sacré gros business. Vas-y sur la pointe des pieds.*

— Je leur ai déjà donné des raisons d'être inquiets.

— *Tu veux dire que tu as engagé très, très fort la conversation ?*

— Affirmatif. Avec la deuxième association, mais sous une autre couleur.

Léo Turrin marqua une plage de silence puis soupira.

— *C'est gonflé et plutôt vicieux. J'espère que tu sais ce que tu fais et que tu as suffisamment d'éléments dans ton jeu. Bon, ciao. N'oublie pas ce contact.*

Bolan raccrocha le combiné. Quelques secondes plus tard, il quitta l'expressway en direction du parking où il avait laissé la Porsche Turbo en stationnement.

Il coula un regard vers sa passagère qui paraissait n'avoir prêté aucune attention aux répliques téléphoniques de Bolan. Dans le sourd ronflement continu du gros moteur Toronado et le bruit de va-et-vient des essuie-glaces, on eût dit qu'elle s'était laissée aller à une somnolence proche de l'autohypnose. Ses lèvres étaient décolorées et la pâleur de son visage mettait en relief les légers cernes qu'elle avait sous les yeux.

— J'ai froid, annonça-t-elle soudain, rompant son mutisme. Vous n'avez pas de chauffage dans cette grosse carcasse ?

Le conditionneur d'air dispensait pourtant une agréable chaleur dans la cabine. Bolan poussa la manette de chauffage et sourit à la fille sans pour autant lui donner la réplique. Il était décidé à lui laisser l'initiative de la conversation, tout au moins au début, ne voulant pas courir le risque qu'elle se replie sur elle-même.

Au bout d'une minute, elle demanda :

— Vous avez une cigarette ?

Bolan lui désigna le vide-poches sous le tableau de bord, devant elle. Elle s'empara d'un paquet de Marlboro et d'un briquet, se ficha une cigarette entre les lèvres et l'embrasa. Ses doigts tremblaient un peu.

Puis elle souffla lentement la fumée, semblant y prendre un plaisir infini. Alors seulement elle parut s'intéresser à l'homme assis à côté d'elle, le détaillant du regard à la manière d'une petite fille qui se demande si elle doit accepter la main que lui tend un étranger.

Elle questionna :

— Ça ne vous intéresse pas de savoir ce qui s'est passé dans cette baraque infecte ?

— J'en ai une certaine idée, répondit gentiment Bolan. Je suppose que ça dut être plutôt dur pour vous.

— Vous parlez ! Je n'ai pratiquement pas vu la lumière du jour depuis qu'ils m'ont amenée là-bas. Au début, ils me disaient que je n'avais rien à craindre et que je serais correctement traitée. Ils m'ont demandé d'enregistrer un message qu'ils allaient lui faire parvenir. Il fallait que je le rassure sur ma situation. J'ai refusé tout net. Alors, ils ont commencé par me priver de repas et m'ont laissée toute seule pendant quarante-huit heures dans la pièce où vous m'avez trouvée.

Bolan se fit soudain plus attentif.

Elle tira une grosse bouffée de sa cigarette, poursuivit :

— J'ai fini par céder. Après, tout, c'était lui qui était responsable de ce qui m'arrivait. Je me suis posé des tas de questions pour finalement aboutir à la même conclusion : ils se servaient de moi pour faire pression pour lui.

— Classique, commenta Bolan qui commençait à entrevoir lui aussi une conclusion capable de donner un grand coup de projecteur sur la situation.

Il attendit la suite :

— Tous les deux jours ils me faisaient parler devant un magnétophone. Je devais être aussi convaincante que possible... Et puis, au bout de vingt-deux jours, j'en ai eu assez. J'ai carrément refusé, j'avais compris qu'ils me retiendraient indéfiniment prisonnière, tout au moins tant qu'ils n'auraient pas eu ce qu'ils attendaient. J'ai entendu quelques conversations que ces salauds avaient entre eux. Il était question d'un marché très important qui devait se faire, à condition qu'il ne vienne pas leur mettre des bâtons dans les roues. Quand ils ont compris que je faisais vraiment la grève de la parlote, ils m'ont pris mes vêtements et m'ont affirmé qu'ils allaient s'amuser avec moi, que tout un régiment de types allait me passer dessus si je ne coopérais pas... Tout de suite après, ça fait deux jours maintenant, j'ai entendu des cris, des hurlements. Ils torturaient quelqu'un, ça ne faisait aucun doute. Je suppose qu'ils ont fait ça dans la cave, les sons étaient atténués, mais pas suffisamment pour que je ne les entende pas. Tout s'arrêtait pendant deux ou trois heures pour reprendre ensuite, de plus en plus fort. J'étais terrorisée.

— Pourquoi avez-vous refusé de coopérer ?

— Mais vous n'avez rien compris ! s'exclama-t-elle. Moi, je savais bien ce qui allait m'arriver dès qu'ils auraient eu ce qu'ils voulaient. Ils m'auraient tout simplement éliminée. D'ailleurs, ils m'ont bien fait savoir que je passerais à la casserole — ce sont leurs termes — comme le pauvre type dont j'entendais les hurlements. J'ai pensé que le mieux était de leur résister, jusqu'à ce qu'il se décide à réagir. Plus question de le rassurer, il fallait qu'il sache que j'étais en danger. Je faisais tout pour me persuader qu'il avait encore quelques sentiments à mon égard...

S'interrompant, elle promena un long regard sur Bolan, puis questionna :

— Vous ne ressemblez pas aux gens qu'il emploie habituellement. Qu'est-ce que vous êtes, un genre de... spécialiste ?

— En quelque sorte, oui, répliqua l'Exécuteur en engageant le mobil home sur le parking où était garée la Porsche. Vous avez toujours froid ?

— Un peu moins. Ça va aller. Pourquoi s'arrête-t-on ?

Bolan stoppa le lourd véhicule et coupa le moteur.

— Venez, fit-il en prenant la main de la fille et s'engageant vers l'arrière dans le module d'habitation.

Elle le suivit sans hésitation. Bolan referma la porte derrière eux et la fit asseoir sur une couchette, puis il s'avança vers la kitchenette, mit en route une machine à boissons chaudes et vint s'immobiliser devant elle.

— Vous êtes Anna Dagger, n'est-ce pas ?

— Oui, répondit-elle aussitôt sans réfléchir. Je...

Elle s'interrompit subitement, relevant la tête, et ses yeux s'écarquillèrent.

— Vous... vous n'êtes pas... Je veux dire, ce n'est pas *lui* qui vous a envoyé, hein ?

Et voilà ! L'Exécuteur avait tout bonnement tiré la fille d'un capo mafioso des griffes de la Mafia, ce qui était de prime abord un curieux paradoxe, mais qui pouvait néanmoins s'expliquer à la lumière de la nouvelle situation locale.

Le projecteur que Bolan avait manipulé venait d'englober dans son faisceau l'acte Deux de la pièce qu'il avait improvisée à Cincinnati.

— Anna Dagger Daglione, prononça-t-il doucement en l'observant d'un air songeur.

Voilà pourquoi les hommes de la bande Morana-Figarone s'étaient entourés de telles précautions lorsqu'ils s'étaient amenés dans la maison en ruine. L'Exécuteur avait pensé un instant qu'ils y planquaient une marchandise de valeur récupérée au noir, à l'issue d'un trafic opéré à travers l'affaire Dwight Emmerson. En fait, cette fille représentait à leurs yeux une grosse valeur, ou plutôt une sorte de monnaie d'échange.

C'était donc la raison pour laquelle le vieux Ness Daglione était resté les bras croisés tandis que les autres cannibales continuaient de dévorer à belles dents son territoire.

Mais quelque chose ne cadrait pas exactement. Il était bien connu, dans le milieu de la Cosa Nostra, que malgré tout ce qui était affirmé au sujet du caractère sacré de la Famille, les *amici* étaient toujours prêts à sacrifier leur entourage, voire leurs propres enfants si besoin était, lorsque le clan était en danger ou qu'il y avait de gros intérêts en jeu. D'ailleurs, ce qui leur tenait lieu de Constitution était précis à ce sujet : « Tu te donneras tout entier à la Cosa Nostra, Tu travailleras pour son plus grand bien et tu feras abnégation de tous sentiments s'ils sont de nature à nous nuire. »

En fait, ces lois n'existaient que pour la « troupe » et les petits exécutants. Les grosses légumes les arrangeaient à leur façon et n'étaient que d'abjectes crapules qui régnaient sur leur empire sous le couvert d'une fausse respectabilité et d'une dignité de pacotille. Ils se comportaient comme les chacals. Il n'y avait pour eux ni foi, ni loi, ni honneur, contrairement à ce qui avait été souvent affirmé par des journalistes qui croyaient tout savoir sur le « Milieu » et qui n'avaient même jamais approché un vrai truand, ni encore moins eu connaissance des méfaits réels dont ils sont capables.

Certains pontes de la Mafia avaient été jusqu'à éliminer eux-mêmes leurs frères ou leurs fils quand ils avaient estimé qu'ils mettaient en danger leur hégémonie territoriale. Le cas était fréquent.

Donc, quelque chose ne cadrait pas. A moins que Ness Daglione fût un cas d'espèce. Mais ce que Bolan avait appris sur le vieux renard de Cincinnati ne correspondait pas à l'image d'un bon papa aux sentiments altruistes et capable d'esprit d'abnégation pour sa descendance. Entre autres, la fiche informatique remise par Turrin mentionnait que Ness était soupçonné d'avoir tué de ses mains son épouse, neuf ans auparavant, puis d'avoir soudoyé un médecin pour obtenir de lui une déclaration de décès truquée. Le toubib était mort quelques jours plus tard dans un banal accident de voiture et, évidemment, personne ne réclama jamais l'autopsie du corps de l'épouse. Il était également précisé que le FBI avait mené une enquête concernant le décès par « suicide » de Freddy Dagger, le fils de Daglione, enquête qui fit apparaître que Freddy avait entamé une alliance contre nature avec un concurrent direct du *capo*. Bien sûr, l'enquête n'aboutit jamais Quelqu'un en haut lieu avait tiré des ficelles, manipulé des ressorts invisibles et sans doute opéré un trafic d'influence.

Non, vraiment, en aucun cas Ness Daglione ne pouvait prétendre au qualificatif de chef de famille respectable. C'était une ordure de la pire espèce, mais qui avait su comprendre à temps la nécessité de changer les vieilles méthodes pour se reconvertir dans le business tranquille.

Alors, il y avait quelque part une anomalie dans son comportement. Un paradoxe dont il fallait découvrir le sens avant de continuer à blitzer la cité industrielle.

— Ce n'est pas lui qui vous a envoyé, n'est-ce pas ? demanda-t-elle une nouvelle fois.

Bolan lui mit dans les mains une tasse de chocolat fumant en lui souriant.

— Non, ce n'est pas lui.
— Alors, qui ? Pourquoi vous...
— Je ne suis pas votre ennemi. Je peux vous aider.
— A quoi ? rétorqua-t-elle, haussant imperceptiblement les épaules. Vous m'avez délivrée d'une bande de salauds et je vous suis infiniment

reconnaissante, et je pense que ça devrait s'arrêter là.

— A vous sortir d'une situation passablement moche dont vous ne semblez pas comprendre les implications. Savez-vous exactement qui est votre père, ce qu'il fait réellement ?

— Vous êtes un flic ?

Bolan accentua son sourire.

— Non. Vraiment rien à voir. A mon tour de poser des questions, si vous êtes d'accord. Je répondrai ensuite aux vôtres.

— Vrai ?

— Promis.

Elle fit une petite moue pathétique, trempa ses lèvres dans le chocolat en le regardant par-dessus la tasse. Malgré les cernes de fatigue, ses yeux verts étaient magnifiques. Elle ressemblait à une étudiante pleine du désir de vivre, intelligente et belle. Et Bolan songea qu'il était bien dommage qu'elle soit la fille d'une ordure de père tel que Ness Daglione. Mais on ne choisit pas les conditions dans lesquelles on débarque sur Terre.

— OK, accepta-t-elle en posant la tasse sur ses cuisses. Vous pouvez commencer, monsieur le Sphinx. Je suis prête.

Bolan alla chercher un verre et une bouteille de J & B et se versa deux doigts de whisky pour accompagner la fille.

— Pourquoi ne prononcez-vous jamais son nom ? On dirait que ça vous écorcherait la bouche.

— Oui, c'est bien le cas, admit-elle. J'ai décidé ça une fois pour toutes à la mort de ma mère. J'avais seize ans, alors.

— Si ça vous gêne, n'en parlez pas, ce n'est pas important.

— Ça ne me gêne pas du tout. Vous m'avez demandé tout à l'heure si je sais qui il est et ce qu'il fait... Evidemment. Mon géniteur est l'exemple parfait du businessman vieillissant qui a bien réussi dans ses affaires. Mais en réalité, il a bâti sa fortune sur des tas de combines illégales et sur le crime. Je ne suis pas une petite idiote, j'ai vingt-cinq ans et je suis capable de comprendre ce qui se passe, quoi que vous puissiez croire... Dites, je boirais volontiers un peu de ce truc, enchaîna-t-elle en désignant la bouteille de J & B. Je crois que j'en ai besoin.

Bolan lui retira la tasse vide des mains et lui tendit un verre qu'il remplit un peu de whisky.

— Sans glace, précisa-t-elle avec un sourire ambigu.

Elle goûta d'abord doucement l'alcool, puis en but la moitié d'un trait et ses yeux vert émeraude se mirent à briller.

— C'est curieux, vous ne trouvez pas ? Je vous connais seulement depuis quelques instants et je vous parle comme si nous étions de vieux amis. C'est comme si je savais que je peux vous faire confiance.

— Vous êtes dans le bon chemin, assura Bolan.

— Je vous parlais de ma mère. Il ne savait pas que j'étais dans la maison quand ça s'est passé. Je l'ai entendu l'insulter, proférer des jurons orduriers, puis j'ai perçu ses cris à elle, pendant quelques secondes seulement, et ensuite il y a eu un horrible gargouillis. Ensuite, le médecin de la famille est venu. Il a établi un constat et tout s'est arrangé bien tranquillement, mais moi je savais qu'il l'avait tuée. Déjà, il l'avait battue plusieurs fois auparavant. C'est ainsi qu'il a pu se mettre dans la poche quelques centaines de milliers de dollars qui appartenaient à Emilie Brown, épouse Daglione et unique héritière de son père, un gros marchand de savon de Cincinnati. Ils étaient mariés sous contrat.

— Et Freddy ?

— Oh, là aussi il y aurait beaucoup à dire, mais ça n'en vaut certainement pas la peine. Mon frère est très vite devenu un voyou et je n'ai pas été peinée outre mesure quand il s'est suicidé. Ça vous étonne ? Vous pensez que je suis une nana complètement dénaturée ?

— Pas le moins du monde. Je crois plutôt que vous êtes une victime.

Elle ouvrit grands les yeux et le fixa avec défi.

— Quoi ? Moi une victime ! C'est dingue. Je porte dans mes veines les chromosomes de la criminalité, vous n'avez pas compris ça ? Je suis la progéniture d'un chef de la Mafia, monsieur le spécialiste... à moins que vous ne soyez un curé déguisé en barbouze qui essaie de repêcher les âmes en perdition... Non, à la réflexion, vous ne pouvez pas être un curé, vous flinguez un peu trop facilement. C'est con, hein, d'avoir été fabriquée par le sperme d'une crapule. Est-ce que vous croyez qu'il existe un remède à cette maladie dégueulasse ?

Anna Dagger s'emportait brusquement et devenait délibérément vulgaire. Sans doute était-ce en réaction à la réclusion qu'elle avait subie. Bolan n'y prêta aucune attention.

— Si vous me parliez un peu de vous, maintenant ?

— Donnez-moi d'abord encore de ça, fit-elle en montrant à nouveau la bouteille d'alcool. Ça m'aidera à continuer.

Elle attendit que le liquide ait coulé dans son verre, respira profondément après avoir bu et des couleurs montèrent à ses joues. Bolan estima qu'il s'était écoulé une douzaine de minutes depuis le début de l'entretien.

Il ne lui restait plus beaucoup de temps.

— Qu'est-ce que vous voulez que je raconte ? La tragédie d'une pauvre fille ayant vécu dans l'abjection d'un père indigne ? Ça fait démodé.

— Pourquoi êtes-vous restée avec lui ?

Elle eut un rire nerveux qui se cassa presque aussitôt en un sanglot.

— Je... j'ai tenté de nombreuses fois de lui échapper. J'ai fait des fugues. Tant que j'étais mineure, il lançait des flics à ma recherche, des flics qui me ramenaient à la maison en me faisant la leçon. Ensuite, à ma majorité, c'était ses hommes à lui qu'il m'expédiait sur les talons. Une fois, ils m'ont poursuivie jusqu'à Rio où j'étais partie avec un garçon auquel je m'étais fiancée. Ils l'ont battu presque à mort et m'ont flanquée dans un avion. Un autre jour, la même chose s'est reproduite en Europe. Je croyais leur avoir fait perdre ma trace, mais ils m'ont coincée à Rome. Invariablement, je me retrouvais dans cette belle propriété construite sur la magouille et l'assassinat à répétition. J'ai fini par abandonner, je me sentais moralement brisée et désormais incapable de lui opposer de résistance. C'était voué à l'échec.

Elle soupira, ferma un instant les yeux et se passa la main sur le visage. Puis elle reprit en paraissant faire un effort :

— Quand j'allais à l'université, c'était encore tenable, mais ensuite, je suis devenue une oisive forcée. Je n'avais le droit de sortir qu'accompagnée d'un gorille de service et lorsque je rencontrais un garçon, on lui faisait comprendre quelques jours plus tard que ce serait mieux pour sa santé de ne plus me revoir...

Anna Dagger étouffa un bâillement. Elle regarda Bolan d'un drôle d'air fatigué et termina son whisky avant de poursuivre :

— Savez-vous pourquoi il ne voulait pas que j'aie un fiancé ? Hein, dites-le-moi... Vous n'êtes pas au courant de ça, pas vrai ? Je vais vous le dire... Tout simplement parce qu'il me destinait à Mario...

Elle dodelina de la tête, un trouble dans le regard.

— Mario... Il voulait que je me marie à Mario Gianel... Cette crapule avec tout son fric à Manhattan...

— Mario Gianelli ? prononça doucement Bolan.

— Oui m'sieur ! Il... Il a...

Les beaux yeux verts avaient graduellement perdu toute leur vivacité et brillaient étrangement.

— Dites... Pourquoi est-ce que je vous raconte tout ça ? C'est complètement dingue, je vous connais même pas... Qui êtes-vous ?... Vous m'avez promis...

— Bien sûr.

— Alors... c'est à moi de poser les questions. Comment vous vous appelez ?...

— Mon nom est Mack Bolan, dit l'Exécuteur à la fille qui déjà le voyait dans un brouillard.

Plusieurs secondes s'écoulèrent avant qu'elle ait une réaction. Puis elle émit un petit gémissement et prononça d'une voix pâteuse :

— Oh non, c'est pas vrai !

Et elle s'inclina doucement sur le côté, paupières tombantes et laissant échapper un nouveau soupir.

Bolan la soutint pour l'allonger sur la couchette et lui retira son verre.

Il lui avait mis suffisamment de sédatif dans sa boisson pour qu'il soit tranquille pendant quelques heures.

Anna Dagger était devenue une prise de guerre. Un otage temporaire qu'il traiterait de la façon la plus délicate qui soit, mais qu'il n'hésiterait pas un instant à utiliser dans sa guerre contre les cannibales.

Sans qu'elle le sache, la jeune femme était aussi une carte maîtresse.

Et l'Exécuteur avait déjà décidé de la façon dont il allait jouer cet atout.

CHAPITRE VIII

— Ce vieux débile va s'en repentir, ça je peux te le jurer, affirma Manny Figarone avec rage. S'il s'imagine qu'on va se laisser intimider !

Il marchait de long en large dans l'immense salon de leur nouveau QG qu'ils avaient rejoint, près de Mount Hope, à quelques kilomètres du Miami Whitewater Park.

Morana était assis dans un fauteuil dont il tapotait doucement un accoudoir du plat de la main.

— T'énerve pas, dit-il. Réfléchis plutôt. Moi, je ne crois pas qu'il essaye de nous intimider.

Un troisième personnage se tenait debout, les bras croisés et les fesses calées sur le bord d'une table. Il portait de grosses lunettes de myope, avait l'air d'un intellectuel et se nommait Batt Corey, alias Battista Corelli, responsable de la comptabilité noire de l'organisation Morana. Il était arrivé quelques instants plus tôt dans le cadre d'une conférence improvisée.

— Ben voyons ! explosa Figarone. Ecoute, Gaby...

Gaby Morana fit entendre un bruit de bouche agacé :

— Les mecs qui nous ont attaqués ont cessé de tirer au moment où nous avons commencé à sortir. Tu ne trouves pas ça bizarre ?

— Peut-être qu'ils ne pouvaient plus nous canarder, question d'axe de tir.

— A moins que ce soit volontaire. On pourrait imaginer qu'ils cherchaient à nous déloger pour que nous allions autre part.

— Et tous ces pauvres gars qui sont morts !

— Justement. Ça correspond à du harcèlement. J'ai l'impression qu'on voudrait diminuer petit à petit nos forces et nous canaliser dans nos derniers retranchements. C'est une tactique de guerre qui a fait ses preuves.

Figarone protesta encore :

— Ouais. Seulement, le vieux con n'a rien d'un tacticien. Tout ce qu'il savait faire, au temps des vieilles bagarres de rues, c'était foncer comme un givré au milieu de ses hommes et fabriquer de la viande froide. Il tapait et grognait le plus fort possible pour flanquer la trouille à tout le monde. Oublie pas que c'est comme ça qu'il s'est fait son territoire. Tu sais, Gaby, j' crois que tu vas chercher trop loin dans la finasserie. C'est pas son genre, à ce connard. Par contre, on peut se demander où il a été dénicher ces nouveaux mecs. Pour sûr, ce sont pas des p'tits rigolos, ils connaissent la musique. T'as vu le beau dessin qu'ils ont fait dans ton mur ?

— Oui, acquiesça Morana. Et ce n'est certainement pas le Conseil à Manhattan qui lui a prêté des gaziers pour faire ce boulot.

Corelli ricana d'un air entendu. Les trois hommes savaient pertinemment que la *Commissione* ne risquait pas d'intervenir favorablement auprès de Ness Daglione, pour la bonne raison qu'elle parrainait la combine mise sur pied par Morana et en percevait de substantiels bénéfices.

— Ça, non, assura-t-il. Mais alors, qui ?

— Il a p't'être trouvé un nouveau filon pour s'approvisionner en effectifs, suggéra Figarone. En tout cas, ça change rien au problème. Et c'est pas la question que je me pose.

Il cessa de déambuler dans la pièce, s'arrêta devant une fenêtre pour observer le parc où il avait fait poster des gardes aux points stratégiques. Il ne pleuvait plus, mais des nuages lourds et sombres naviguaient bas dans le ciel, propulsés par un vent qui commençait à prendre de la force.

— On peut savoir ? demanda Morana d'un ton sceptique.

— On s'est pas gouré en empaquetant la pouliche de Ness. On sait pourquoi il tient tant à elle et on était sûr qu'il ne déconnerait pas tant qu'on s'en occuperait.

Gaby haussa les épaules et prit un air méprisant.

— Tu es en train de nous raconter l'astuce dont j'ai moi-même eu l'idée, Manny ?

— Je faisais seulement un retour en arrière pour essayer de comprendre. Et je pige toujours pas pourquoi le vieux débris a fait le contraire de ce qu'on croyait. Y a forcément un os quelque part, merde !

— Et si ça ne venait pas de lui ? suggéra Corelli.

— Tu débloques.

Morana quitta son fauteuil et alla s'adosser contre le bar du salon, la mine songeuse. Un silence s'était brusquement installé entre les trois hommes. Il le rompit d'une voix ennuyée :

— J'y ai déjà pensé, moi aussi. Mais ça ne tient pas debout.

— Ça pourrait être un coup vicieux des fédés ? insista le comptable de la Combine.

— Personne n'est au courant de nos récentes affaires, Batt. Surtout pas les flics fédéraux, et on paye assez cher en haut lieu pour qu'ils nous foutent la paix. On peut donc être à peu près sûr que c'est une réaction à la con de Ness. Je n'ai aucune idée de ce qui a pu se passer dans sa cervelle débile, mais ça vient de lui.

— On va lui rendre la balle avec les intérêts, affirma Figarone.

— Certainement pas. Ce serait entrer dans son jeu et on ne sait même pas de quels nouveaux effectifs il dispose. Le mieux est de faire comme si rien ne s'était passé. Faut pas qu'il y ait de remous avant qu'on ait terminé ce gros marché. En se démerdant vite, on peut le conclure maintenant en une journée. Tout est en place, ce n'est plus qu'une question de vérifier que la came est bien arrivée.

— Merde ! s'exclama Figarone. On ne va rien faire au sujet de Ness ?

— Tu enverras quelques hommes renifler discrètement de son côté pour savoir ce qu'il prépare. Demande aussi à ce feignant de détective

privé... Au fait, comment il s'appelle, déjà ?
— Dean Rusley.
— Ouais. Dis-lui qu'il branche des écoutes sur la ligne de Ness et qu'il nous tienne au courant toutes les demi-heures... Est-ce qu'on a des nouvelles de Jack ?
— Non. Il devrait déjà être de retour avec la fille, répondit Figarone. Je pense qu'on devrait arranger un peu cette petite connasse et envoyer à son papa un morceau de son joli corps, histoire de le convaincre qu'il s'y prend mal avec nous.
— Faudra peut-être bien en arriver là, acquiesça Morana. Et du côté Emmerson, qu'est-ce que tu en penses, Manny ?
— Ça pourrait être dangereux de le relancer, surtout après la merde de ce matin. On a un système au complet... D'accord, avec un deuxième bidule, on doublait le bénéfice, mais faudrait peut-être pas trop pousser. Ça représente pour combien de fric, cette came, tu peux me le dire, Gaby ?
— Beaucoup. Encore plus que tu peux l'imaginer.
— Tu crois que ma part sera suffisante pour que je me paye une baraque à Bel Air avec une gouvernante et quelques larbins ? J'ai toujours rêvé d'avoir une gouvernante comme ces mecs de la haute, une nana vachement stylée et bien roulée qui me ferait des tas de trucs en me parlant comme une grande dame.
— Tu auras de quoi t'offrir un château et y mettre toutes les putes que tu voudras, affirma le maître des lieux, en rigolant.
L'atmosphère se détendit d'un coup. Figarone

alla ouvrir la porte et distribua quelques ordres, puis il appela Bepo Rastelli, le chef de la garde, et tint un rapide conciliabule avec lui. Quelques instants plus tard, un soldat arriva avec une bouteille de Dom Pérignon et des coupes qu'il disposa sur la table.

— Au gros pognon ! clama Figarone en levant sa coupe de champagne.

Corelli participa au toast avec réserve, trempant à peine ses lèvres dans le liquide pétillant, et objecta :

— Moi, ce qui m'inquiète toujours, ce sont les fédés. Pourquoi ont-ils envoyé un de leurs types surveiller Emmerson ?

— Te casse pas la cervelle là-dessus, Batt. Le *turkey* a été assez cuisiné pour qu'on soit sûr qu'il y a rien à craindre. Les fédés sont au courant de rien du tout, c'est juste ce con de rond-de-cuir militaire qu'a dû paniquer un moment et passer un coup de tube à des copains... Tes comptes sont en ordre, t'es certain que rien ne risque de cafouiller dans l'échange ?

— Pas de problème.

— Alors, réfléchis pas trop à des tracas, tu vas te faire péter un fusible.

— Les tracas sont déjà arrivés, insista Corelli.

— C'était seulement une petite merde d'incident, Batt. Maintenant, on est bien planqué. Ouais, rien qu'un incident.

Vêtu d'un costume noir en alpaga, Bolan pénétra dans un luxueux immeuble du centre ville.

Il déchiffra un nom sur une plaque en cuivre, dans le hall, et prit l'ascenseur jusqu'au troisième étage, puis il sonna tout simplement à une belle porte en bois vernis. Il entendit le timbre résonner longtemps dans l'appartement avant qu'on vienne lui ouvrir. L'hôtesse était une jolie fille blonde qui l'observa d'un air interrogateur. La Mafia savait choisir son personnel.

— Doug Jacobi ? demanda Bolan.
— Vous avez rendez-vous ?
— Annoncez-lui que je viens de la part de Gaby, il me recevra sûrement.
— Vous êtes monsieur ?... s'enquit la blonde.
— Mike Border.

Elle fit un sourire et le laissa pénétrer dans un grand hall aux épaisses tentures où flottait une odeur de parfum oriental, puis elle s'engagea dans un couloir aux dimensions cyclopéennes. Bolan la suivit. La fille se retourna :

— Vous devriez attendre dans le...

Il lui renvoya son sourire :

— Indiquez-moi seulement la porte. Okay, poupée ?

Il avait intentionnellement laissé passer de la vulgarité dans sa phrase. La blonde le considéra avec un nouveau regard, mais elle ne marqua aucun étonnement. Elle devait avoir l'habitude de ce genre de visite. Avec un petit haussement d'épaules, elle désigna une porte capitonnée que Bolan ouvrit sans frapper. L'hôtesse s'insinua derrière lui dans la pièce, annonçant aussitôt à un énorme type endormi derrière un bureau :

— Monsieur Mike Border, de la part de monsieur Gaby.

Puis elle s'éclipsa en refermant le battant.

— Salut, Doug, fit Bolan.

— Hé! Heu... Je ne m'attendais pas à une visite de la part de Gaby, grogna l'énorme tas de graisse qui tentait visiblement de comprendre la situation. Qu'est-ce qui se passe?

Bolan s'assit sur le bord du bureau sous l'œil désapprobateur de Doug Jacobi.

— Y a une grosse tuile, jeta-t-il avec un ricanement.

— Comment ça? Je...

— Un gros emmerdement pour toi, Doug.

— Gaby aurait pu me téléphoner. Je ne comprends pas ce qui...

— Je ne viens pas de la part de Gaby.

L'autre le regarda avec un air brusquement méfiant.

— Ah non?

— Non. C'est Ness qui m'envoie.

Bolan crut un instant que le gros corps de Jacobi allait se dégonfler d'un seul coup comme une baudruche crevée. Il savait quelle était l'importance de l'homme dans la structure locale de la Mafia. Il était la *couverture* commerciale de Morana, celui par qui transitaient tous les trafics noirs opérés sous une étiquette absolument honnête. Officiellement, Jacobi dirigeait une grosse affaire de transports inter-Etats; il avait aussi une licence d'import-export avec une charte parfaitement en règle. Mais il n'en était pas moins vendu corps et âme à la Mafia avec laquelle il commerçait depuis de nombreuses années. L'Exécuteur avait découvert son nom dans la disquette informatique remise par Léo Turrin.

— Qu'est-ce que c'est que cette histoire ? miaula le businessman de la Cosa Nostra.

— C'est pas une histoire, mec. Tu vas avoir de gros emmerdements.

— Vraiment ? persifla l'autre qui reprenait son contrôle.

Ses petits yeux porcins enfouis entre deux replis de graisse étaient braqués comme deux serpents sur le visiteur. Sa bouche lippue postillonna soudain :

— Et Ness veut m'intimider, hein ?... Tu t'imagines vraiment que ça peut se passer comme ça. Pauvre con ! Tu peux aller glandouiller ailleurs et dire à cette vieille guenille que...

Il n'eut pas la possibilité de terminer sa phrase. Bolan s'était brusquement penché par-dessus le bureau, l'avait saisi par le col et lui appliquait le canon d'un automatique contre la joue.

— Qu'est-ce que je dois aller dire à Daglione ?

— Hé, attends ! Déconne pas... couina Jacobi. On pourrait peut-être discuter.

Bolan le relâcha et il s'effondra sur son fauteuil. De grosses gouttes de sueur avaient subitement perlé à son front. Il sortit un mouchoir pour s'éponger et son regard se fit venimeux :

— C'est un coup complètement tordu. J'ai qu'un coup de fil à passer à qui tu sais pour que t'aies une chiée de mecs sur le dos.

Bolan rigola :

— Qui je sais a bien trop de problèmes en ce

moment pour te sortir de tes propres emmerdes, Jacobi. Maintenant, tu vas m'écouter. Tu vas laisser tomber la combine et te mettre au vert. Plus question de tripoter à la combine, t'entends !

— J' comprends pas ce que tu veux dire.

— C'est plutôt dommage pour toi.

— Je touche à rien du tout. Ici, y a que des affaires correctes, se défendit le tas de saindoux.

— Je vais te faire mieux comprendre, c'est simplement une question de clarté.

Jacobi ne sut jamais exactement ce qui lui arriva à cet instant. En fait de clarté, il eut un éblouissement subit, comme si un feu d'artifice venait d'éclater dans sa tête, et il partit à la renverse en écrasant de son poids le dossier du fauteuil. Quand il reprit ses esprits, il eut d'abord vaguement conscience d'une douleur sourde qui prenait naissance sur le côté gauche de son crâne. Machinalement, il passa la main sur son visage adipeux et poussa un cri étranglé semblable à celui d'un goret. Puis il regarda sa main. Elle était tachée de sang. L'enfoiré l'avait frappé avec quelque chose de dur, sans doute son flingue à la con ! Il gémit et se mit à coasser :

— Jenny !... Jenny ! Putain de merde !

La porte capitonnée s'ouvrit quelques secondes plus tard sur la blonde.

— Qu'est-ce qui se...

L'hôtesse regarda son patron avec ahurissement, remarquant avec retard la trace sanglante qu'il portait à la joue, et balbutia :

— Mais qu'est-ce qui s'est passé, monsieur Doug ? Ce type est sorti tranquillement et il a même plaisanté dans le hall, je...

— Où est-il, ce fumier ? Il a pas pu s'en aller comme ça.

— Pourtant...

— Appelez-moi Gaby tout de suite sur la ligne privée. Démerdez-vous, nom de Dieu !

CHAPITRE IX

En rendant visite à l'un des associés du tandem Morana-Figarone, Bolan n'avait pas agi à la légère. Son déplacement faisait partie d'un plan d'intoxication.

Il avait maintenant une autre démarche à réaliser. Une mission d'information. La routine. Mais l'Exécuteur avait appris à ne jamais négliger la moindre information, le plus petit renseignement pouvant être vital dans une opération offensive. Et, d'après Léo Turrin, Carl Lyons avait des choses à lui apprendre.

Il franchit l'entrée de l'antenne locale du FBI, salua gentiment un planton et pénétra dans un couloir où il avisa un type costaud qui sortait d'une pièce.

— Carl Lyons ? lui demanda-t-il.

— Vous êtes de la maison ? lui renvoya l'autre.

Bolan exhiba une plaque fédérale qu'il rempocha aussitôt.

— Dans cette pièce. Vous êtes peut-être celui qu'il attend... On est sur le pied de guerre.

Le jeune type avait grimacé un sourire entendu.

— Vous êtes dans le coup ? sourit aussi Bolan.

— Plutôt ! Et ça grince déjà de tous les côtés.

L'Exécuteur contourna le flic pour entrer dans la pièce qu'il venait de quitter. Celle-ci empestait la fumée de cigarette ; elle était occupée par une demi-douzaine d'hommes qui parlaient entre eux avec animation. Il reconnut aussitôt Carl Lyons qui tourna son regard vers lui et vint à sa rencontre.

— Ça va ? fit l'officier fédéral, l'entraînant à l'écart vers un angle de la pièce.

Dès qu'ils furent à l'abri des oreilles indiscrètes, il enchaîna :

— Tu es complètement dément. Pourquoi ne m'as-tu pas téléphoné ?

— Le téléphone n'est pas sûr. C'est ce que disent Léo et Hal.

— Oui, je sais, ils en font une psychose. Heu... le mieux serait qu'on aille discuter ailleurs.

Quelques instants plus tard, ils s'arrêtèrent sur le trottoir jouxtant l'immeuble du FBI.

— Ça fait combien de temps qu'on ne s'est pas vu, Mack ?

— Beaucoup trop de temps, je suppose.

— Tu n'as pas vraiment changé.

— Je n'y suis pour rien.

Bolan n'était pas venu pour remuer de vieux souvenirs. Il enchaîna :

— Léo m'a dit que tu as des informations.

— Oui, je..

A cet instant, un homme à la forte carrure s'arrêta devant eux.

— Est-ce qu'on aura ce renfort ? demanda-t-il.
— Sans aucun doute, répliqua Carl Lyons. Mais je ne pense pas qu'il faille précipiter les choses. Personne n'est encore sûr de rien.
— C'est ce que vous pensez ?
— Je ne crois que ce que je vois, lieutenant. Et il ne s'agit encore que d'une impression.

Le type corpulent haussa les épaules d'un air agacé puis s'engagea dans l'entrée de l'immeuble.

— Le lieutenant John O'Kief, expliqua l'agent fédéral. Il s'est mis dans la tête qu'une certaine combinaison noire s'est parachutée dans son secteur. Amusant, non ?
— Pas spécialement. Comment est-il ? Efficace ?
— Terriblement. C'est un dur de la vieille école. Au fond de lui-même, je ne crois pas qu'il ait quelque chose de personnel contre toi, mais il ne faut pas s'attendre à des sentiments de sa part.
— Je préfère avoir à faire à des flics comme lui, dit Bolan en pensant à certains policiers qui se laissent un peu trop facilement acheter par la pègre. Ce n'est pas un fédéral ?
— Non. Il est au CPD. Désolé, Mack, mais je ne pourrai rien faire de ce côté pour t'aider. Il faudra en tenir compte.

Bolan revint au sujet principal :

— Quelles sont tes informations ?

Ils se mirent à marcher sur le trottoir.

— Je voudrais te parler tout d'abord de la femme d'Emmerson, Deborah Kerr. On a poussé un peu plus loin l'enquête à son sujet. Il ne fait nul doute maintenant qu'elle est mouillée avec les *amici*. Sais-tu qui a payé sa caution quand elle a eu des ennuis avec la justice, avant son mariage ?

— Figarone.

— Merde. Comment le sais-tu ?

— Je l'ai deviné. Et ce n'est pas bien difficile. Il est évident qu'elle n'est pas retenue de force par la Mafia, je l'ai aperçue tout à l'heure. Elle a joué un jeu sur commande avec Emmerson.

— Ouais. Il y a vraiment des types qui tissent eux-mêmes la corde pour se pendre, soupira Carl Lyons. Au fait, nous savons maintenant pourquoi le vieux Ness n'a aucune réaction vis-à-vis de la clique Morana-Figarone.

— A cause de sa fille.

Trois secondes s'écoulèrent avant que l'agent fédéral reprenne la parole, une contrariété dans le ton :

— Dis, Mack, est-ce que tu vas constamment me couper mes effets ? Ness Daglione a de grands projets pour sa fille. Ce n'est sans doute pas son cœur de père qui l'y incite, il s'est toujours conduit comme un salaud vis-à-vis de sa famille, mais il se sent vieillir et il a besoin d'assurer confortablement sa succession. Il a donc envisagé de la marier à Gianelli, l'un des *capi* de New York. Et Gianelli semble complètement d'accord... De son côté, Daglione pense qu'il pourra ainsi étendre le bras sur la côte Est, d'Atlantic City à la Virginie. Il a soixante-six ans, mais d'après ce qu'on chuchote autour de lui, il n'est pas près de mourir. En fait, ce qu'il veut, c'est donner l'impression de se mettre en retraite tout en continuant de contrôler son territoire ainsi que le nouveau qui sera apporté par l'union avec Gianelli. C'est un vieux cannibale qui a toujours un appétit d'ogre.

— Et Gianelli. Quel est son intérêt ?

— Tu as évidemment deviné qu'il n'a pas accepté seulement pour les beaux yeux de la fille Daglione. D'après Phil Necker, son intention serait de s'emparer de l'empire de Ness.

— Ou de ce qu'il en reste, intervint Bolan. Il est en grande partie bouffé aux mites par Morana.

Carl Lyons eut un rire bref :

— Ouais. Seulement, ce que tu ignores, c'est que Gianelli est en affaires avec Morana. C'est lui qui le couvre depuis la *Commissione* à Manhattan. Et Daglione est loin de se douter de ce qui se passe réellement...

— Un sacré marché de dupes. Mais c'est exactement dans la logique des *amici*.

— Tout à fait. Ils se font officiellement des courbettes, mais ils n'hésitent pas à se poignarder dans le dos ensuite. Et on peut facilement imaginer de quelle façon Gianelli envisage déjà de se débarrasser de Daglione quand il jugera le moment opportun. Ensuite, il pourra tranquillement mener son business avec Morana, le terrain sera libre. Pas mal ficelé, non ?

— A moins que Daglione le prenne de vitesse...

— Je ne vois pas où serait son intérêt. Il perdrait en même temps la possibilité de participer aux opérations sur la côte Est, ainsi que sa part sur le nouveau gâteau.

Bolan était songeur.

— C'est salement vicieux, cette magouille.

Mais on peut se demander pourquoi Morana-Figarone ont enlevé la fille de Ness, puisqu'ils ont partie liée avec Gianelli. A moins qu'ils aient décidé de se passer de la protection de la *Commissione*. Et ils avaient absolument besoin de museler le vieux *capo*... Donc, ils joueraient sur deux tableaux à la fois : d'un côté, ils s'assurent la tranquillité à Cincinnati, de l'autre ils espèrent blouser Gianelli et garder le pactole pour eux. Mais c'est surtout Morana qui mène la barque, Figarone n'est qu'un exécutant dont il se sert. Si je ne me trompe pas, ça signifie que Morana n'a plus besoin d'être épaulé par la *Commissione*, donc qu'il en est à son dernier coup dans ce secteur. Un très gros coup.

Carl Lyons réfléchissait en marchant. Des rides barraient son front et il semblait supputer le raisonnement de Bolan. Il dit enfin :

— J'ai peut-être une explication. Enfin, je ne sais pas s'il y a une relation, mais...

Il hésitait, comme s'il allait proférer une énormité.

— Tu penses au gros coup ? demanda Bolan.

— J'ose à peine t'en parler tellement c'est énorme. Bon, voilà... Le Pentagone vient de nous informer qu'un système Pershing I est porté manquant sur la liste des stocks. Et le missile a disparu de la base de Dayton, précisément là où travaille Emmerson.

Bolan digéra l'information et demanda :

— Tu parles vraiment d'un engin de moyenne portée à tête nucléaire ?

Lyons haussa les épaules.

— Je voudrais bien te parler d'autre chose,

mais ça ne ressemblerait à rien de réaliste. Tu sais que les systèmes Pershing I ont été plus ou moins réformés, mais le gouvernement a décidé de les garder en stock dans l'éventualité d'une agression armée à l'intérieur du pays. La plupart de ces missiles sont démontés et mis en caisses ainsi que la charge nucléaire qui doit les équiper. Chaque caisse porte un numéro d'identification, un code qui est enregistré dans le dispositif informatique du Pentagone. Aucun matériel ne peut quitter les bases ou les arsenaux sans qu'il y ait un ordre écrit du Pentagone ou de la direction du centre considéré. Lorsque le cas se produit, une fiche de sortie est immédiatement établie et transmise sur un terminal d'ordinateur dans la demi-heure qui suit, à Washington. Tout de suite après, une comparaison est faite entre l'ordre officiel et la fiche de sortie. C'est le moyen de vérifier si tout est correct.

— Et dans ce cas précis, l'ordre de mission était bidon ? questionna Bolan.

— Même pas ! Un document officiel du Ministère, avec coup de tampon et signature... Seulement, il s'est très vite avéré que personne n'avait émis ni signé ce papier. Personne ne veut en endosser la paternité.

— A-t-on la possibilité de savoir qui a pu délivrer ce document ?

— Non. Il mentionne un service du Ministère, mais la signature ne correspond pas. Et c'est là que pèche le système de sécurité du pays. Chaque membre du personnel du Pentagone est contrôlé plusieurs fois avant de pénétrer dans le saint des saints, mais n'importe quel gus possédant une autorisation en règle peut avoir accès aux services confidentiels. Et tu connais la maxime : chaque homme a son prix... Bref, Brognola a appris la nouvelle en fin de matinée et me l'a aussitôt téléphonée. Il a dit qu'il fallait absolument que tu sois au courant.

Bolan s'arrêta à quelques mètres de l'endroit où il avait garé la Porsche.

— En résumé, conclut-il, le gouvernement a perdu un missile atomique et Hal soupçonne la Mafia de l'avoir planqué quelque part.

— C'est à peu près ça, bien que l'histoire paraisse invraisemblable.

— Techniquement, Emmerson pourrait-il avoir établi le document ?

— N'importe qui pourrait l'avoir fait, à condition d'être en possession d'un formulaire et d'un tampon. C'est dingue.

— Pas tellement. En tout cas, ça corrobore un certain raisonnement.

— Mais qu'est-ce que la Mafia pourrait faire d'une fusée atomique ?

Bolan ricana sèchement :

— La revendre ou la négocier contre autre chose.

— Tu crois réellement qu'ils toucheraient à ça ?

— Tu n'es pas encore convaincu de leurs méthodes ? L'intelligence de la Mafia est celle de l'argent. Les *amici* sont parfois lourdingues, quand il s'agit de psychologie, mais il ne faut pas les mésestimer. Ils savent comment faire du gros pognon. Et n'oublie pas que depuis quelque temps ils ont des universitaires dans leurs rangs.

Morana en est un. Gianelli aussi, il a eu une formation de gestionnaire de haut niveau avant de prendre du service actif... Au fait, comment a-t-on appris que la fille de Ness avait été mise de côté par Morana ?

— Nous avons un informateur chez le vieux. Quelqu'un que nous gardions depuis longtemps en sommeil pour une éventualité comme celle-ci.

— Okay. Je crois que les éléments du problème sont presque tous rassemblés.

— Il y a encore une question que je me pose, réfléchit Lyons. Pourquoi Morana a-t-il continué de laisser croire à Emmerson qu'il tient toujours sa femme ?

— Peut-être qu'il a l'intention de lui forcer une nouvelle fois la main. A qui crois-tu qu'un système Pershing pourrait être vendu ?

— Eh bien, par exemple à un pays oriental...

— Et il y a là-bas pas mal de guerres. Du pétrole, aussi, donc de l'argent et beaucoup d'autres choses qui intéressent la Mafia... Bon, je vois assez bien comment se présente la situation.

— Fais gaffe où tu mets les pieds, Mack. Si c'est ce qu'on pense, ils vont se défendre comme des enragés. Et ils sont nombreux.

— Je connais un bon moyen de retourner la situation contre Morana. N'oublie pas qu'il y a deux clans en présence et qui ont un damné compte à régler.

— Tu penses à Daglione ?
— Exactement.

— Ne compte pas sur lui, il ne bougera pas d'un poil tant que les autres tiendront sa fille.

— J'ai récupéré Anna Daglione, laissa doucement tomber Bolan.

— Tu as quoi ?... Bon Dieu. Tu ne pouvais pas le dire plus tôt ? Merde, je ne vais pas te demander comment tu as fait, je l'imagine assez bien. Ouais, en tout cas c'est effectivement un atout que tu pourrais utiliser, mais...

— Laisse-moi régler ça à ma façon, coupa Bolan. Au fait, il n'y aurait pas un manquant dans les effectifs du FBI ?

Lyons grimaça :

— J'allais te poser la question au cas où tu saurais quelque chose à ce sujet. Un de nos gars qui ne donne plus signe de vie depuis que Hal l'a envoyé fouiller du côté d'Emmerson. Il s'appelle...

Bolan avait mis la main dans sa poche. Il l'en ressortit en tendant à Lyons une plaque fédérale et commenta :

— Ça doit être lui. Ils l'ont transformé en *turkey*. Tu sais ce que ça veut dire ?

Lyons serra les mâchoires. Il baissa les paupières et demanda d'une voix rauque :

— Il était encore vivant quand tu l'as trouvé ?

— Non. Ils l'ont probablement torturé pour apprendre ce que le FBI connaissait de leur combine.

— Le pauvre bougre n'était au courant de rien... Je crois qu'on a fait le point, Mack. Moi, je suis empêtré au même titre que les autres flics dans certaines conneries de la justice, je ne peux agir que s'il existe des preuves formelles. Tu connais la musique...

— C'est moi qui vais sonner l'hallali, fit Bolan.

— Mais tu vas avoir tous les gars du CPD aux fesses en plus des cannibales.

— Je l'espère bien. Je souhaite qu'ils soient là au bon moment.

— Pour récupérer les morceaux éparpillés...

— Tu pourrais peut-être suggérer d'une certaine façon à O'Kief qu'il braque ses projecteurs sur Morana. Ce serait bien qu'il ne se trompe pas d'ennemi.

— Aucun flic, pas même nous, les fédéraux, ne possède de mandat d'amener contre Morana. Par contre, il en existe un en permanence contre toi, ou plutôt, la consigne est de te tirer à vue. Tu n'as pas oublié que tu es toujours recherché par toutes les polices du pays ? O'Kief fera son boulot, Mack. Ne t'attends pas à ce qu'il tire seulement dans les décors.

— J'en tiendrai compte.

Carl Lyons marqua une courte pause, puis ajouta en se passant la main sur le menton :

— Je lui ai quand même parlé de Morana. Je lui ai dit que si tu étais réellement arrivé à Cincinnati, comme il le pense, c'était à coup sûr pour t'occuper de ce gus. Je lui ai également mentionné l'affaire du matériel stratégique disparu, à mots couverts et pour l'inciter à s'intéresser à ta cible. A priori, il n'a eu aucune réaction, il a simplement grogné. Tu sais, O'Kief n'est pas du genre expansif. Mais je crois que l'idée fait son chemin dans son crâne. Je ne peux pas faire plus.

— C'est déjà beaucoup. Ne t'expose pas.
— C'est toi qui me dis ça ?

Bolan éluda la question.

— Tu as du renfort avec toi ?
— Je suis venu seul. O'Kief a demandé un conseiller à Washington, un spécialiste ès-Bolan, et Hal m'a immédiatement flanqué dans un avion pour essayer de minimiser la casse. Il te fait dire que tu devrais laisser tomber pour un temps ce territoire. Les flics du CPD ne sont pas des manches et ils sont sur le pied d'alerte. C'est une opération *Grid Case*. Toutes les voitures de patrouilles sont dehors, les permissions ont été annulées et ces petits gars ont astiqué leurs armes pour la grande chasse.
— Je ne peux pas différer le blitz, Carl. Il est trop tard. Si j'attends seulement vingt-quatre heures de plus, les rats auront disparu avec le gâteau... Je vais te demander un service.
— Vas-y. Tant que je peux t'aider...
— Tu connais les fréquences radio du CPD ?
— Pour cette opération, elles ont été changées. Je me renseignerai. Je peux t'appeler sur le téléphone de ton char ?
— En restant prudent. En mon absence, tu tomberas sur le répondeur.
— OK.
— *Ciao.*
— Tu commences quand le grand bal ?
— Le plus tôt possible.
— Bon. Pense à ce que je t'ai dit au sujet de O'Kief... Bonne chance, Mack.

Bolan lui expédia une grimace amicale et tourna les talons, se dirigeant vers la Porsche.

L'agent fédéral l'observa un instant puis il poussa un soupir en s'acheminant vers l'immeuble du FBI. Dans la grande salle de briefing, il retrouva O'Kief et le sergent Manetti qui discutaient avec animation. Le lieutenant avait un air renfrogné. Dès qu'il aperçut l'agent fédéral, il l'empoigna par un bras et l'entraîna à l'écart.

— Dites-moi... Qui était le type avec lequel vous discutiez tout à l'heure ?

— Est-ce que ça a une importance pour vous ? fit Lyons sur la défensive.

— Ça se pourrait bien, ouais.

— Je pourrais vous répondre que c'est confidentiel.

Peter Manetti s'était approché d'eux, un petit sourire accroché aux lèvres.

— Comment est-ce que je dois interpréter ça ? grommela O'Kief. Répondez-moi, Lyons.

Manetti intervint :

— Le lieutenant s'imagine que le FBI a des relations contre nature. Il s'est mis dans la tête qu'il s'agit de...

— Ça va, taisez-vous ! fit O'Kief en lançant un coup d'œil furieux à son adjoint. Lyons, vous ne m'avez pas répondu...

— Je confirme que c'est confidentiel. Il est entré ici, il a certainement dû montrer un accréditif, non ? Ça ne vous suffit pas ? Je vous rappelle que nous ne sommes pas au CPD, lieutenant, mais dans les locaux de l'antenne fédérale.

O'Kief marmonna une phrase indistincte, puis ajouta, apparemment calmé :

— D'accord. Je ne suis pas chez moi, je dois regarder seulement mes oignons. Mais si ce que je pense est vrai, alors vous autres à Washington êtes une sacrée bande de givrés et de magouilleurs. Vous jouez avec le feu et c'est complètement dément.

— Modérez vos propos, fit Lyons avec une grimace faussement ulcérée.

— Les mots ne vous plaisent pas ?

— Je parlais de l'accusation que vous portez contre Washington.

— Me prenez-vous pour un crétin, Lyons ? jeta O'Kief à voix contenue. J'ai vu ce type. Je suis sûr de l'avoir reconnu.

— De qui parlez-vous ?

— J'étais déjà certain qu'il ne pouvait s'agir que de lui en regardant le travail qui a été fait ce matin. Et maintenant je comprends que le Bureau fédéral lui a accordé une charte pour qu'il puisse agir à sa guise ! Vous appelez ça une situation normale, vous ?...

Le sergent Manetti s'immisça une nouvelle fois dans le dialogue :

— Moi je trouverais ça assez moral. Ce sacré bonhomme fait le boulot que nous devrions faire. Même si ses méthodes ne sont...

— La ferme ! clama O'Kief. Ne me faites pas dire ce que je n'ai pas envie de dire, bon Dieu !

Il baissa subitement le ton en voyant plusieurs regards converger vers lui :

— Alors, quel est votre jeu, exactement ? Comment devons-nous interpréter la présence de ce, heu, de ce joker que vous foutez dans la partie ?

— Comme bon vous semblera, lieutenant. On ne vous demande pas de changer quoi que ce soit à vos habitudes, ni aux règles de la police. J'ai entendu dire que vous êtes avant tout un bon flic.

— Allez vous faire foutre.

— Si vous voulez. Mais il n'empêche que tout ce que vous vous imaginez ne repose sur rien.

Lyons se remémora soudain l'une des dernières phrases prononcées quelques instants plus tôt par Mack Bolan. Il enchaîna :

— Tout ce que j'ai le droit de vous dire, lieutenant, se résume à ceci : essayez de ne pas vous tromper d'ennemi. L'adversaire n'est pas toujours celui qu'on croit.

O'Kief le fixa comme s'il cherchait à trouver plusieurs sens cachés à la phrase. Puis il baissa les paupières sur une lueur subitement apparue dans son regard.

— Allez vous faire foutre, répéta-t-il, s'éloignant et haussant les épaules.

CHAPITRE X

Il était aux alentours de quatre heures de l'après-midi lorsque les quelques clients du Sharon Bar se turent en voyant entrer un homme de haute taille vêtu d'un costume sombre et d'un imperméable. Malgré le mauvais temps, il portait des lunettes à verres fumés et son imperméable était déboutonné sur le devant.

Ce n'était pas le genre de client qui fréquente habituellement ce genre d'établissement, un bouge plutôt mal famé de la banlieue ouest où l'on joue aux cartes pendant la journée en buvant de la bière ou du mauvais whisky. Le soir, à partir de neuf heures, ce sont les prostituées qui viennent s'y installer dans l'attente de michetons affamés. Non, l'homme qui venait d'y pénétrer n'appartenait pas à l'habituelle faune du Sharon Bar. D'apparence élégante, il avait pourtant quelque chose de glacial dans son attitude qui figea Joss, le barman, dès qu'il leva les yeux sur le nouvel arrivant. Un jeune gars moustachu jouait au flipper près de l'entrée. Un peu plus loin, une partie de poker se jouait silencieusement entre quatre types aux visages quelconques, auréolée par une chape de fumée de cigarettes. Au fond de la salle, un grand maigre au visage boutonneux parlait à voix basse avec une fille assise qui croisait les jambes, dévoilant des cuisses plantureuses. Vraisemblablement un proxénète avec sa protégée.

L'endroit paraissait très anodin, mais il constituait le quartier général d'un homme à la solde de Manny Figarone, un certain Mortimer Corona qui était chargé d'écouler la plus grande partie de la drogue en provenance de la Floride. La came arrivait en gros dans trois entrepôts différents répartis autour de Cincinnati et était ensuite dispatchée par les bons soins de Morty auprès des semi-grossistes. Tous les règlements se faisaient au Sharon Bar et il arrivait qu'il y transite de grosses sommes d'argent, comme c'était précisément le cas cet après-midi.

Mack Bolan était resté près d'une heure en planque à proximité de l'établissement. Il y avait vu entrer successivement trois hommes, porteurs d'attachés-cases, qui étaient descendus de grosses voitures confortables avec chauffeurs et troupes d'accompagnement. Les gardes du corps étaient restés dans les véhicules, sans doute pour ne pas éveiller l'attention par un trop important mouvement de foule, mais ils demeuraient sans aucun doute prêts à intervenir à la moindre alerte.

— Qu'est-ce que je vous sers ? demanda le barman, un torchon à la main et le geste en suspens.

— Morty, répliqua Bolan d'une voix qui arracha un frisson au type.

— Pardon ? Vous avez dit quoi ?
— Tu as trois secondes pour arrêter de jouer au con. Mène-moi à Morty.
— Heu, bon. J'annonce qui ?
— Il est au courant. Vas-y, maintenant. Je te suis.

Le barman hocha plusieurs fois la tête et fit le tour du comptoir pour se diriger vers le fond de la salle. Bolan lui emboîta le pas. Les regards restaient braqués sur eux. Un type tenait une carte en main, le bras immobile au-dessus du jeu. Le flipper fit tilt en émettant une plainte exaspérante.

A travers un couloir sombre, ils arrivèrent devant une porte sous laquelle filtraient un peu de clarté et des bruits de voix. Joss se retourna vers Bolan, hésita pour finalement frapper quelques coups discrets contre le battant.

— Ouais ! cracha aussitôt une voix rocailleuse. Qu'est-ce que c'est ?
— C'est quelqu'un de... Enfin, c'est important, fit Joss qui s'était mis subitement à transpirer à grosses gouttes.

Il y eut un instant de silence total puis le claquement d'un verrou et la porte s'entrouvrit sur un visage méfiant.

Bolan fonça. D'une violente poussée, il propulsa le barman en avant. Le type méfiant prit le battant en plein front et s'effondra à la renverse, tandis que Joss pénétrait involontairement dans la pièce à la vitesse d'un boulet de canon et heurtait un autre homme, le percutant à la poitrine et l'envoyant valser en travers d'une chaise qui tourbillonna sous lui.

Déjà, l'Exécuteur était en position de tir. Son Beretta silencieux à la main, il choisit comme première cible un mafioso qui commençait déjà à dégainer une arme de sous sa veste. La 9 mm parabellum le cueillit à la racine du nez et lui fit un troisième œil ouvert sur l'éternité. Son voisin était resté éberlué, surpris par la rapidité de l'attaque et ouvrait démesurément la bouche. Une ogive chuintante s'y engouffra comme dans une entrée d'égout, arracha la troisième vertèbre cervicale avant de s'enfoncer dans le mur, et la bouche se referma avec un bruit infect de succion.

Morty, lui, avait compris au quart de tour. Malheureusement, son arme était rangée dans le tiroir de son bureau. Il voulut s'en emparer fébrilement, tête penchée en avant, mais reçut une ration de plomb surchauffé qui lui perfora le sommet du crâne puis s'enfonça profondément dans sa carcasse déjà privée de tout réflexe.

L'homme méfiant du début, sans doute le garde du corps de Morty, ne s'était pas encore remis du choc contre la porte quand sa tempe se disloqua sous la poussée d'un projectile de cent quinze grains.

Le dernier à mourir fut celui qui avait chevauché la chaise tourbillonnante et qui s'efforçait de s'en dégager maladroitement. Bolan le tira de sa fâcheuse position en l'épinglant définitivement au plancher d'une balle silencieuse.

C'était fini.

Cinq hommes. Cinq cadavres tous atteints en pleine tête en moins de quatre secondes. C'était un score tout à fait correct.

Restait le barman. Sa trajectoire forcée s'était achevée contre un mur et il se tenait recroquevillé, les mains placées devant lui dans une protection enfantine.

Bolan alla refermer et verrouiller la porte, puis promena un regard sur le bureau de Mortimer où s'étalaient trois gros tas de billets. Les liasses étaient retenues par des élastiques. Il saisit le plus volumineux des attachés-cases apportés par les convoyeurs de fonds et entreprit d'y placer les liasses. Puis il se tourna vers le barman :

— Tu sais comment joindre Gaby ?

— Je... je crois, oui, bégaya le type terrorisé par l'idée de sa propre mort.

— Tu vas lui téléphoner et lui dire que c'est de la part de Ness. Il ne marche plus dans l'histoire. OK ?

— Oui... oui.

— C'est le jour des comptes.

Bolan désigna la mallette du menton.

— Ça, c'est seulement une première récupération, pour le préjudice subi. Fais-lui bien passer le message.

Sans plus s'occuper de lui, il ouvrit la fenêtre dont il enjamba l'appui et se retrouva dans une petite cour intérieure ouverte par un porche sur l'arrière du bâtiment.

L'Exécuteur avait soigneusement inspecté les abords avant de s'infiltrer chez Morty. Il savait qu'un homme avait été placé en surveillance à l'entrée du porche pour en interdire l'accès tant que les convoyeurs n'étaient pas ressortis de l'immeuble.

La sentinelle se tenait de dos et regardait la

rue. Elle se retourna juste à temps pour entendre un bref son rauque et eut en une fraction de seconde la vision d'une petite flamme jaune et rouge qui lui parut grandir démesurément pour venir lui dévorer l'intérieur de la tête. Il s'effondra la gorge réduite en bouillie, dans un gargouillement de sang qui se répandit à gros bouillons sur l'asphalte mouillé.

Bolan hâta le pas sur le trottoir. La rue était déserte. Il emprunta rapidement deux rues voisines avant de rejoindre son bolide gris métallisé. Après avoir placé l'attaché-case contenant les billets à l'arrière du véhicule, il lança le moteur et démarra doucement.

Il avait à faire ailleurs.

Vingt minutes plus tard, il gara la Porsche à proximité d'une compagnie privée de financement, la *Montgomery Financial Investments*. L'établissement appartenait lui aussi à Gaby Morana. Sous une étiquette honnête, il servait à blanchir l'argent résultant du trafic de la drogue tout en réalisant de très substantiels bénéfices. La M.F.I. traitait presque exclusivement avec des particuliers selon un mécanisme cher à la Mafia ; elle ne demandait quasiment aucune garantie pour l'acceptation des dossiers de financement, ce qui permettait de récupérer un grand nombre de clients nécessiteux rejetés par les autres établissements de crédit. Point n'était besoin de garanties, l'officine ne faisait jamais appel à des officiers de la force publique pour se faire rembourser les montants de ses prêts ou activer les retards de paiement. Des costauds étaient délégués auprès des retardataires à qui on faisait une première injonction menaçante. Si ceux-ci ne remboursaient pas rapidement les sommes réclamées, on les malmenait quelque peu ou on cassait leur appartement de façon à ce qu'ils rentrent dans le droit chemin. Après l'intimidation et les voies de fait, l'étape suivante consistait en une proposition offerte par une relation de l'officine, et qui allait du travail au noir à la prostitution en passant par les « services rendus à des amis » lorsque le client était employé dans une quelconque administration.

Parfois, des mesures beaucoup plus sévères étaient prises envers les récalcitrants. Il était déjà arrivé qu'on découvre leur cadavre affreusement mutilé ou, lorsqu'il s'agissait de femmes, qu'elles disparaissent tout simplement de la circulation pour être déportées au Mexique ou en Amérique latine pour y négocier leurs charmes. La Mafia n'acceptait jamais de perdre de l'argent; elle faisait feu de tout bois avec une cruauté qui n'avait d'égale que son inhumaine rapacité.

Evidemment, personne ne s'était plaint ni à la police ni à une quelconque autorité. Les malheureux clients étaient tenus par l'angoisse et la terreur des représailles lorsqu'ils s'étaient engagés trop loin dans le mécanisme vicieux. Les remboursements se montaient à des taux exorbitants, de même que les pénalités de retard qui parvenaient à doubler ou à tripler en quelques mois les sommes prêtées, mais les contrats étaient si astucieusement conçus que personne ne pouvait s'en méfier sans les avoir préalablement fait étudier par un juriste. Ce qui n'était généralement pas le cas et, lorsqu'on avait signé, il était trop tard.

Bolan connaissait bien cette méthode. C'en était une semblable qui avait été à l'origine de l'anéantissement de sa famille.

Très décontracté, il pénétra dans le siège de la M.F.I., sourit à une réceptionniste rousse et portant d'énormes lunettes de myope, puis se dirigea au fond d'une salle entrecoupée de petits bureaux vitrés, vers une porte mentionnant le mot « Direction » sur une plaque de cuivre. La rousse se précipita dans son sillage, le rattrapa à mi-chemin.

— Dites, vous ne pouvez pas entrer comme ça chez le directeur... Vous avez un rendez-vous ?

— Je n'ai pas besoin de rendez-vous, sourit Bolan. On est de vieux copains.

— Ah bon... Vous êtes un ami de M. Vanucci ?

— Ouais. On est du même bord. Vous comprenez ?

A la mimique de la fille, il était évident qu'elle ne comprenait pas grand-chose à la situation et se demandait ce que pouvait être le « bord » en question. Elle hocha finalement la tête et s'en retourna vers son bureau.

Elle était en train d'appeler son patron par l'interphone et le prévenir de la visite quand Bolan poussa la porte capitonnée.

— Ouais, je vais m'en occuper, ne vous faites pas de souci, répondait le maître des lieux, la mine contrariée.

Il coupa l'appareil et leva les yeux vers l'arrivant avec un sourire forcé. C'était un homme d'environ quarante-cinq ans, aux tempes argentées et au profil d'oiseau de proie.

— Oui ? fit-il prudemment.

Bolan demanda sur le même ton :

— Deep Vanucci ?

— Oui. C'est, heu... Clara m'a dit que...

— Ce qu'on vous a dit n'a aucune importance. Vous avez une protection, ici ?

— Bien sûr, répliqua automatiquement Vanucci.

— Alors, appelez-la.

— Mais pourquoi ? Qu'est-ce qui se passe, bon Dieu ?

— Vous avez un gros ennui.

— Mais...

— Appelez tout de suite.

La mine brusquement inquiète, Vanucci se leva de son fauteuil et alla ouvrir une porte sur le côté de la pièce.

— Tony, ramène-toi.

Aussitôt, un grand type balaise apparut, la veste ouverte sur la crosse d'un revolver qu'il portait sous l'aisselle. Il jeta un regard désabusé au visiteur en croyant avoir affaire à un client mauvais payeur, mais tout de suite sa moue se changea en une expression de stupeur horrifiée lorsqu'il vit le Beretta muni de son silencieux braqué sur lui. Bolan tira immédiatement. Le coup étouffé rejeta le grand balaise dans la pièce qu'il venait de quitter et où il s'effondra dans un giclement de sang.

L'Exécuteur jeta un coup d'œil par la porte pour s'assurer que la protection de Vanucci se résumait à un seul homme de main. Puis il s'occupa du « Directeur ».

— Où est le coffre ?

Vanucci, subitement, n'avait nullement envie de jouer au plus fin. D'une main tremblante, il désigna le mur auquel était fixé un tableau métallique supportant des centaines d'étiquettes manuscrites.

— Va l'ouvrir.

Le financier alla déplacer le tableau, démasquant la porte blindée d'un assez grand coffre dont il fit jouer la combinaison. Des liasses de billets apparurent sur plusieurs rangées. Il y avait aussi plusieurs registres, sans doute des livres de comptabilité.

Bolan tira de son imperméable un sac en plastique qu'il lança à Vanucci.

— Mets l'argent dedans, ordonna-t-il.

Puis, tandis que Vanucci commençait à empiler les liasses, il entreprit de sortir les tiroirs du bureau et d'en renverser le contenu par terre. Il fit de même avec des classeurs métalliques et, en quelques instants, un grand tas de papiers de toutes sortes, documents, dossiers de clients et correspondance, occupa le centre de la pièce.

Bolan dégoupilla une petite grenade incendiaire.

— Vous ne pouvez pas faire ça ! s'écria le financier en le fixant avec incrédulité.

— Je vais te laisser en vie. Ça ne te suffit pas ?

— Vous êtes fou ! Jamais vous ne vous en tirerez après ça. Quand il apprendra que...

— Tu lui diras que c'est le commencement

de la fin pour lui. Il n'aurait jamais dû se foutre de la gueule de Daglione.

D'un mouvement de tête, l'Exécuteur lui désigna la pièce contiguë où gisait le cadavre de son garde du corps.

— Rentre là-dedans.

Le visage contracté, Vanucci fit ce qu'on lui demandait. Au passage, Bolan lui assena un violent coup de crosse du Beretta à la nuque, puis, avant que le financier s'effondre, il récupéra le sac contenant l'argent et referma la porte.

Les gros registres de comptabilité rejoignirent les autres documents au milieu du bureau et Bolan lança dessus la grenade incendiaire. Il était parvenu à mi-chemin dans la grande salle découpée en boxes vitrés quand l'engin explosa dans une petite détonation sourde qui se développa en une boule de feu dévorante.

Bolan s'arrêta devant la rousse de la réception.

— Vous devriez appeler les pompiers, annonça-t-il tranquillement.

— Pourquoi devrais-je... ?

— Il y a le feu chez Vanucci.

Elle le fixa avec stupeur.

— Mais, qu'est-ce qui s'est passé ?

— C'est moi qui l'ai mis. Dépêchez-vous d'appeler.

Puis, sans lui laisser le temps de réagir, il quitta l'immeuble de la M.F.I. et marcha rapidement vers sa voiture.

Quand il lança le moteur, une épaisse fumée commençait déjà à sortir par l'arrière du bâtiment.

CHAPITRE XI

Morana et Figarone représentaient deux espèces très différentes de mafiosi. Le premier avait fait des études poussées, il avait évolué à la fois dans le grand monde et celui de la pègre. Il avait pour habitude de penser et d'échafauder des combines bien ficelées et juteuses tout en éliminant au maximum la part des risques car il n'était pas physiquement très courageux.

Pour Figarone, l'école avait été celle de la rue. Il y avait grandi, accompli toutes sortes de méfaits jusqu'à devenir ce qu'il était aujourd'hui : un type qui s'était élevé à la force du poignet, un *self made man*, comme il se plaisait à l'affirmer. Il n'était certes pas d'une grande intelligence, mais il avait pour lui la ruse et une insatiable soif d'argent et de domination, deux qualités qui avaient plu à Gaby Morana lorsqu'il recherchait un homme de confiance pour prendre en main la destinée de ses affaires sur le plan matériel.

Chacun dans leur genre, les deux hommes étaient des prédateurs d'une espèce extrêmement dangereuse qui réagissaient différemment selon le cas des situations auxquelles ils se trouvaient confrontés. Et l'actuelle situation, précisément, faisait intervenir des réactions très dissemblables parmi les deux mafiosi.

Morana était assis dans le grand salon de la nouvelle demeure de Mount Hope. Il fumait pour dissimuler sa nervosité, les yeux fermés sur d'intenses réflexions, tandis que Manny Figarone n'arrêtait pas d'aller et de venir entre le bar et le téléphone. Il avait les yeux brillants de colère et frappait parfois de son poing un meuble au passage tout en grognant des invectives.

Ils avaient appris de mauvaises nouvelles. D'abord Doug Jacobi qui les avait appelés pour leur dire qu'un salaud s'était amené chez lui et l'avait assommé après lui avoir dit qu'il devait laisser tomber les affaires... Ensuite, il y avait eu le sale coup au Sharon Bar, où Morty ainsi que trois convoyeurs et un garde du corps avaient été butés de la manière la plus dégueulasse qui soit, sans même qu'on leur ait laissé une chance. Un énorme paquet d'argent avait disparu par la même occasion. Au moins soixante-dix mille dollars, estimait Figarone. Puis Vanucci leur avait annoncé d'un ton pleureur qu'il s'était fait stupidement déposséder lui aussi de son fonds de roulement. Par-dessus le marché, on avait liquidé son garde du corps et foutu le feu dans son bureau. Tous les papiers importants de la *Montgomery Financial Investments* avaient brûlé. Le comble ! Vanucci les avait appelés tout simplement d'une cabine téléphonique en regardant ses locaux brûler. Quel connard, ce mec ! Et dire que les enfoirés qui avaient fait ça étaient repartis tranquillement sans être inquiétés le moins du monde...

Morana avait encaissé les coups sans les commenter, se réfugiant dans un mutisme songeur qui exacerbait Figarone. Ce dernier s'était demandé combien de salopards avaient participé à ces affreuses choses. En tout cas, il était certain qu'il ne pouvait s'agir que des mêmes ordures qui avaient opéré le matin en bousillant les gars de ses équipes. Mais ils n'allaient pas s'en tirer aussi facilement, ça non, Manny se le jurait. Il allait sortir Gaby de sa contemplation morbide et lui dire de quelle façon il fallait riposter.

Il passait d'une démarche coléreuse près du téléphone quand celui-ci se mit à sonner. Il faillit sursauter, empoigna rageusement le combiné et aboya :

— Ouais. Qui est-ce ?

Quelqu'un parla d'une manière précipitée dans l'appareil pendant environ une minute. Manny l'écouta, répondant par quelques grognements, puis il raccrocha et se tourna vers Morana :

— Cette fois, ça va trop loin ! On vient de me dire que deux responsables de transferts de fonds ont été dessoudés à Western Hills. Et tu sais ce que les témoins ont entendu dire par l'ordure qui leur a tiré dessus ?

Morana parut s'éveiller d'un long songe.

— Là aussi, il y a eu des témoins ?

— Comme pour les autres coups. Il a dit que Daglione était en train de reprendre la ville en main. Est-ce que tu vas te décider à faire quelque chose ou faut-il attendre encore qu'on vienne nous buter à domicile ?

— On ne fera rien, Manny. Tu ne comprends pas qu'on attend une connerie de ce genre ?

— Mais enfin, merde !... C'est pas possible ! Ce vieux con est en train de nous saigner à blanc.

— On ne bougera pas parce que ça risquerait de bousiller la grosse opération. T'oublies qu'on est à quelques heures de la transaction.

— J'oublie rien du tout, fulmina Manny. Tout ce que je sais, c'est qu'on peut pas continuer à rester les bras croisés. Faut lui museler la gueule, à cette vieille guenille.

Il se tut un instant, fronça les sourcils et reprit :

— Je me demande bien pourquoi il fait ça. On dirait que le chacal s'est changé en lion d'un seul coup.

— Demande-toi plutôt ce qui s'est passé.

— Comment ça ?

— Ce qui a pu le changer comme ça.

— Ben... j' vois pas. Comment est-ce que je pourrais le savoir ? Attends, au fait, on n'a toujours pas de nouvelles de Jack ! Qu'est-ce qu'ils foutent, ces cons ?

— Tu es sûr de lui et de ses hommes ? demanda Morana.

— Ce sont des mecs bien. Jamais ils ne feraient une entourloupe.

— Même si quelqu'un leur filait un gros paquet d'oseille ?

— Tu penses à Ness ? Non. Ils sont bien payés.

— Alors, pourquoi ne sont-ils pas déjà ici avec la fille ?

— J'en sais rien, putain. Tout marche mal depuis ce matin. J'espère qu'il ne leur est pas arrivé un sale turbin. Et on peut même pas les joindre, y a pas le téléphone dans cette baraque. Je dis qu'on devrait envoyer quelques hommes à Ness pour lui faire arrêter ses conneries avant qu'il soit trop tard.

— T'énerve pas, Manny. Je cherche comment on peut résoudre ça... Y a une question que je me pose, moi. Combien ces mecs sont-ils ?

— Qu'est-ce que ça change ?

— Beaucoup de choses. Suppose que ce soit une équipe d'As noirs ?

— Tu veux rire ! Tu as dit toi-même qu'on est protégé par la *Commissione*.

— Oui. Mais je pense à Mario, dit Morana.

Il faisait allusion à Mario Gianelli, le *capo* de Manhattan avec lequel il avait partie liée et qui le couvrait vis-à-vis de la *Commissione*.

— Suppose qu'il ait appris qu'on retient sa petite fiancée prisonnière. Il pourrait être pas très content.

— Ça se pourrait bien, admit Figarone. Et il aurait envoyé ici un commando...

— Il y a aussi une seconde hypothèse. Si c'était un seul type qui avait fait tout ça depuis ce matin ?

Figarone eut un rire sarcastique. Il alluma une cigarette, souffla un gros nuage de fumée au plafond, puis assura :

— Y a qu'un mec capable de ça. Un sale fumier de merde qui est suffisamment loin en ce moment pour qu'on n'ait pas à y penser.

— Pas si loin que ça, objecta Gaby. Il y a

quelques jours, la combinaison noire était au Michigan. Et il se déplace vite.

— Bon Dieu ! T'essaie de nous foutre la trouille...

— J'analyse la situation. C'est seulement une hypothèse.

— On ne serait pas dans la merde si c'était vrai !

— Bon, revenons à Daglione.

Figarone nota le changement dans les propos de Morana. Il ne parlait plus de Ness Daglione comme d'un vieux chien famélique et sénile. Peut-être commençait-il à prendre au sérieux la menace qu'il faisait planer sur eux.

— T'as raison, il faut réagir. On va le contacter et lui proposer de négocier.

— Tu parles ! Il t'enverra aux chiottes.

Morana poursuivit en ignorant l'intervention :

— On va lui annoncer qu'on lui rend sa fille s'il arrête ses conneries. Si ça ne suffit pas, on lui proposera de lui rembourser les marchés sur lesquels il s'estime blousé.

— Il s'est déjà servi ! ricana encore Figarone.

— L'essentiel est de gagner du temps. Il faut l'endormir pendant quelques heures, se ménager un délai jusqu'à ce qu'on ait eu la came. Pour l'instant, ça sent salement mauvais et je voudrais pas que tout échoue bêtement.

Manny savait déjà depuis le matin que ça sentait mauvais. Il y avait une odeur de pourriture qui flottait dans l'air et Gaby semblait en prendre conscience seulement maintenant.

— On va essayer de négocier un délai, continua Morana. Faut qu'il retienne ses chiens pendant qu'on conclut le marché. Ensuite...

Il fit un geste obscène, les quatre doigts de la main droite repliés et le majeur pointé devant lui.

— On leur mettra dans le cul à tous. A Ness, à ses mecs et à Mario.

Il se leva soudain avec une expression satisfaite sur le visage et alla piocher un cigare dans une boîte incrustée d'or, puis il tapota l'épaule de son comparse.

— Te casse pas la tête, tout ça, c'est qu'un emmerdement passager. Avant demain matin, on touchera le gros paquet.

Manny, lui, n'était pas si euphorique quant à l'aboutissement des négociations avec le vieux *capo*. Ness aussi avait fait ses classes dans la rue, il connaissait la musique, et s'il avait décidé de déclencher une guerre, c'est qu'il avait de sérieuses cartes dans la manche.

Et il pouvait se passer bien des choses d'ici à demain... Oui, décidément, il y avait une drôle d'odeur de pourri dans l'air.

CHAPITRE XII

Le vieux Ness, contrairement à ce que supposait Manny Figarone, ne possédait aucune carte susceptible de lui permettre d'engager une action contre son rival. Du moins pas encore. Cette petite merde de Morana, ce parvenu qui ne savait même pas ce qu'est le vrai métier, avait mis la main sur sa fille et, par le fait, tenait la dragée haute au *capo* en titre de Cincinnati.

Ness ne le savait pas encore, mais quelqu'un allait lui procurer l'atout manquant dans son jeu.

C'était bien la première fois dans sa vie de mafioso que Daglione se voyait forcé de se comporter comme un légume défraîchi pendant qu'on lui mangeait son territoire tout en se payant sa tête.

Jusqu'à cette sale histoire, Daglione n'avait éprouvé qu'un seul regret au cours d'une existence particulièrement bien remplie en méfaits et crimes de tous ordres : celui de n'avoir pas eu un second fils pour prendre en main les affaires de l'Ohio. Une vérole mal soignée l'avait conduit à la stérilité. Au début, il avait cru que la carence venait de sa femme, ou que celle-ci s'était arrangée pour ne plus avoir d'enfants. Il l'avait finalement tuée de ses propres mains, à la fois par rage de son inutilité et pour s'approprier la fortune qu'elle tenait de son père. Pourtant, l'amertume de n'avoir pas de descendance masculine s'était estompée lors de la rencontre avec Mario Gianelli. Les deux hommes avaient longuement parlé tous les deux. Ils avaient bâti un projet dans lequel Anna tenait le rôle de catalyseur, de prétexte à un marché visant à étendre l'emprise de deux Familles. Bien sûr, Ness ne se faisait aucune illusion, Mario n'avait pour intention que d'annexer le territoire de Cincinnati. Mais Daglione n'était pas né de la dernière couvée. Il savait être vigilant. Il n'était pas encore mort, loin de là — ses médecins lui affirmaient qu'il vivrait jusqu'à soixante-quinze ans au moins — et il saurait utiliser à plein rendement les nouvelles possibilités offertes sur la côte Est par l'alliance avec Gianelli. Mais voilà que tout tournait en eau de boudin par la faute de cette pourriture de Morana.

Daglione avait retourné le problème sous tous ses angles. Il n'y avait rien à faire, sous peine de faire avorter irrémédiablement le projet. Gianelli n'était pas encore au courant de ce qui se passait et il n'était pas question de l'en informer. Cela aurait constitué pour Gianelli une faille dont il se serait immanquablement servi pour faire basculer à son avantage les termes du contrat en intervenant personnellement au nom de la *Commissione*.

Il fallait donc attendre. Attendre qu'un événement intervienne, susceptible de retourner la situation, ou que le rival abhorré n'ait plus besoin de son otage, ou bien encore qu'il commette une quelconque erreur.

Daglione s'était levé très tôt ce matin. Comme d'habitude depuis plusieurs semaines, il avait commencé par proférer un long chapelet de jurons à l'égard de Gaby Morana et de l'ordure de Daglione, qualifiant leurs mères et leurs grand-mères des épithètes les plus infamants qu'il connût.

Il était vêtu d'un pantalon d'alpaga, d'une chemise en soie avec boutons de manchettes en platine, et avait enfilé un peignoir également en soie aux motifs chamarés qui le faisaient ressembler à un bonze chinois.

Il était en train de crachoter entre ses dents de nouvelles invectives, fumant un petit cigare sicilien à l'odeur âcre, assis dans la véranda de sa propriété de Greenhills, quand le téléphone se manifesta. D'une main noueuse aux doigts cerclés de bagues en or, il s'empara du combiné comme s'il s'agissait d'un serpent venimeux.

— C'est pour vous, monsieur, lui annonça son chef de la garde. Le type n'a pas voulu donner son nom, mais il dit que c'est d'une importance vitale.

— Passez-le-moi, fit Ness avec une pointe d'anxiété dans le ton.

Une autre voix aux inflexions calmes et graves se fit aussitôt entendre :

— Daglione ?
— Qui est-ce ? fit prudemment le *capo*.
— La vie est belle ?

— Arrêtez vos conneries. Qui parle ?
— Plus tard. J'ai entendu dire que tu as un gros problème sur les bras.

Ness retint son souffle. Ses mains habituellement sèches étaient devenues moites d'un seul coup. Il écrasa son cigare dans un cendrier en cristal et répondit avec méfiance :

— Je ne comprends pas ce que vous voulez dire.
— Tu me comprends parfaitement. Ecoute bien ce que j'ai à te dire, Ness. Les deux connards n'ont plus aucun moyen de pression sur toi. Pour eux, la partie devient nulle.
— Tu peux expliquer un peu ? grogna Daglione en s'efforçant de maîtriser sa voix.
— Je viens de te dire qu'ils n'ont plus l'atout qui t'empêchait de te conduire comme un homme.
— Fais gaffe à ce que tu dis, monsieur Ducon. J'ai pas du tout envie d'entendre des merdes.
— T'as pas l'air d'avoir le moral, rigola la voix dans l'appareil.
— Ta gueule. Alors, comme ça, tu prétends qu'ils n'ont plus ce qu'ils avaient ?
— Exact. C'est moi qui l'ai.

Le *capo* réfléchit pendant quelques secondes en silence et enchaîna :

— On peut savoir qui parle ?
— Tu n'en as pas une petite idée ? Je vais t'aider. Tu as dû entendre parler de ce qui s'est passé dans le secteur aujourd'hui...
— Ouais. Quelqu'un fout la merde et on prétend que c'est moi.

— Tous les deux, on sait bien que c'est faux, hein ?

— Et alors ?

— Fais un effort, Ness. Ça m'ennuierait d'être plus clair dans ce bidule, on t'a peut-être branché une bretelle.

— Je pense à quelque chose, répondit Daglione après une hésitation.

— Continue, tu es sur la bonne voie.

— Ce serait donc toi ?

Un ricanement lui fit une sensation désagréable dans l'oreille. Il avait cru entendre deux glaçons s'entrechoquer dans le fond d'un verre.

— Affirmatif, acquiesça Bolan.

— Et pourquoi tu fais ça ?

— Disons qu'entre deux maux, il faut savoir choisir le moindre. Ma cible, ce sont les deux rigolos.

— Ouais. D'accord là-dessus.

Un court silence passa, puis :

— Ça me fait aussi mal au ventre de voir un vieux de la vieille comme toi pourrir dans son jus sans lever le petit doigt pour remonter à la surface.

— Merde ! T'as pas le droit de me parler comme ça, Bolan.

Bolan ricana de nouveau.

— Tes nerfs craquent ? Tu es une vieille crapule, Ness, mais les autres sont encore pire que toi.

— Tu sais bien que je ne touche plus à rien.

— Mon cul. Bon, je vais te donner un coup de main qui devrait te permettre de retrouver un peu de dignité.

— Ce que je veux, c'est que tu me rendes l'atout...

— Pas question pour l'instant.

— D'abord, qu'est-ce qui me prouve que tu l'as récupéré ?

— Patiente deux secondes, tu vas l'entendre.

Un temps mort s'écoula avant qu'une voix féminine vienne en ligne.

— C'est moi, annonça Anna Daglione.

La main moite de Ness se crispa davantage sur le combiné.

— Ma petite fille chérie, est-ce qu'on t'a fait...

— Oh ça va ! Epargne-moi ton hypocrisie. Je sais très bien pourquoi tu tiens tant à moi en ce moment.

— Tu te trompes, *figlia*. Je suis quand même ton père et la pensée de ce qui t'est arrivé m'a fait beaucoup de mal.

— Je porte ton nom, ça s'arrête là.

— Tu vas rentrer à la maison, tout est fini maintenant.

— Même si je le voulais, il n'en serait pas question pour l'instant. J'ai entendu qu'on te l'a dit.

— Heu... plus tard, on reparlera de ce projet, insinua Ness.

Il nota l'hésitation de la jeune femme.

— Plus tard, peut-être. Il faudra que les choses soient différentes. Pour l'instant, tout va bien. J'ai changé de mains, mais on ne me traite plus comme si je n'étais qu'une simple marchandise... Au revoir, papa chéri.

Les derniers mots avaient claqué sarcastiquement dans l'écouteur. Bolan se réinséra dans le dialogue :

— Satisfait, Ness ?
— Parlons clairement. Qu'est-ce que tu veux en échange ?
— Je te l'ai dit. Que tu te comportes en homme. Maintenant, tu en as la possibilité.
— Et tu me rendras la petite ?
— Dès que l'affaire sera réglée. Autre chose : les deux *amici* vont t'appeler dans pas longtemps.
— Qui est-ce qui t'a dit ça ?
— Le petit oiseau. Un conseil : ne réagis pas avec tes tripes, sers-toi de ta tête.
— Oui, je comprends ce que tu veux dire...
— Je l'espère pour toi. Tu pourrais faire semblant d'entrer dans leur jeu, ajouta Bolan. Je te laisse réfléchir au reste.
— Pourquoi est-ce que tu fais ça, hein ?
— Pas pour tes beaux yeux en tout cas.
— Qu'est-ce que les deux ringards t'ont fait pour que tu sois si mauvais de leur côté ?
— Le seul fait qu'ils existent est une insulte à l'humanité.
— Si je comprends bien, tu ne me mets pas dans le même sac ?
— Disons qu'il y a pour l'instant un drapeau blanc entre nous.
— Une trêve ?
— Ouais.
— Et après ? fit Daglione en étirant le bras pour attraper un cigare.
— Ça dépendra de toi, Ness. Si tu es assez intelligent pour comprendre ce qu'il ne faut pas

toucher, tu pourras sans doute faire sauter tes petits-enfants sur tes genoux. Bon, je vais couper, on a déjà trop parlé.

— Attends. Je crois que tu pourrais me bluffer et que tu n'es pas du tout ce que tu prétends.

— T'es comme saint Thomas.

— Ça pourrait bien être un coup vicelard de ces deux mecs. Pourquoi es-tu si sûr qu'ils vont m'appeler et qu'il faut que j'entre dans leur jeu, hein ?

Ness entendit un soupir à l'autre bout de la ligne.

— Je vais te donner encore une preuve. Tu es bien installé ?

— Je ne vois pas ce que tu peux faire pour que je te croie.

— C'est pas un coup vicelard. Garde la pause et ne bouge même pas un cil.

— Qu'est-ce que tu comptes faire ? cracha Daglione dans l'appareil qui était devenu subitement muet. T'entends ? Réponds, merde !

A cet instant précis il se produisit un événement qui transforma instantanément la belle véranda fleurie et chaude en un local glacial empli de l'odeur de la mort. Le poste téléphonique éclata littéralement sous les yeux ahuris de Ness Daglione qui se rejeta une seconde plus tard à l'abri d'une colonnade en marbre. La seconde suivante fut ponctuée par le tonnerre d'une grosse détonation qui roula longuement dans la vallée s'étalant devant la demeure.

Avec une infinie prudence, Ness jeta un regard dans la direction où il lui avait semblé entendre la détonation et vit le gros trou rond étoilé dans l'épaisse vitre de la véranda. On lui avait tiré dessus. Non, ce n'était pas exactement ça. On avait volontairement interrompu la communication d'une manière qui ne pouvait avoir qu'une seule signification.

Une sueur glacée dans le dos, il fixa d'un regard horrifié la place laissée vide par le téléphone dont il ne restait que quelques fragments éparpillés sur le sol. Puis il considéra d'un air effaré le combiné qu'il tenait toujours dans sa main baguée, le fil pendant lamentablement devant lui, et frissonna de peur rétrospective.

Ness ne se trompait pas. Il n'y avait plus de doute. Il avait eu la preuve qu'il réclamait.

Le fracas au départ de l'énorme balle Weatherby se répercutait encore sur les collines avoisinantes quand Mack Bolan délaissa la grosse carabine pour porter une paire de jumelles à ses yeux. Il était à plat ventre, en position sur le versant opposé de la vallée qui le séparait de la demeure de Ness, à une distance d'environ trois cent cinquante mètres.

Le téléphone portatif posé à côté de lui émettait une tonalité syncopée qui témoignait de la rupture de communication. Il avait établi la liaison téléphonique à travers un système duplex passant par sa caravane.

La fille était allongée à côté de lui, emmitouflée dans un imperméable trop grand pour elle qu'il lui avait prêté. Elle se redressa sur ses coudes, brusquement anxieuse.

— Vous lui avez tiré dessus ?

— Il avait besoin d'une preuve, expliqua sommairement Bolan réglant ses jumelles.

— Est-il...

— Non. Il est toujours entier. Vous avez encore des sentiments pour lui ?

Elle rétorqua avec une grimace agacée :

— Ça fait toujours quelque chose quand on voit quelqu'un tirer sur celui avec lequel on a passé tant d'années. Même si c'est un salaud, si c'est ce que vous voulez savoir. Dites, vous avez l'intention de rester ici après tout ce boucan ?

Il lui fit signe de se taire. Il observait une partie de la route longeant la demeure de Daglione où il se passait quelque chose d'inattendu. Une voiture s'était arrêtée un peu plus loin durant la conversation téléphonique avec le *capo* et le conducteur en était descendu pour se diriger vers un angle de la propriété, à une centaine de mètres de la maison. Il tenait un objet rectangulaire à bout de bras.

Tout en observant la scène, il se remémorait la reprise de contact avec la jeune femme. Auparavant, il avait consulté son enregistreur téléphonique de bord. Carl Lyons lui avait comme convenu transmis les renseignements concernant les fréquences radio de la police pour l'opération *Grid Case*. Il avait immédiatement rappelé l'agent fédéral pour lui demander un nouveau service : la mise sur écoute de la ligne privée de Gaby Morana dans sa nouvelle résidence de Mount Hope. Lyons avait promis de passer outre les difficultés légales concernant ce genre d'installation et s'était engagé, ainsi que le lui demandait

Bolan, à faire passer en permanence toutes les communications éventuelles sur une radio-fréquence spéciale.

Le char de guerre camouflé en mobil home avait subi quelques dégâts, lors du dernier affrontement de l'Exécuteur. Mais il était réparé et soigneusement repeint d'une autre couleur et avec des motifs décoratifs différents, de sorte qu'il eût fallu y regarder avec beaucoup d'attention pour s'apercevoir qu'il s'agissait du même véhicule.

Tout de suite après avoir appelé Carl Lyons, Bolan était passé dans la cabine habitable où il avait assisté au réveil d'Anna Daglione. Elle l'avait tout d'abord regardé avec des yeux étonnés et lui avait tout simplement demandé :

— Vous ne portez pas votre combinaison noire ?

Une sacrée petite bonne femme à l'attitude complètement imprévisible. Bolan s'était attendu à ce qu'elle lui fasse une scène terrible, mais il n'en fut rien. Après quelques échanges de propos anodins, elle s'était réfugiée dans le silence, comme si sa nouvelle situation ne la concernait pas.

Bolan cessa de penser à Anna Daglione. Ce qui se passait à présent sur la petite route déserte bordant la propriété requérait toute son attention. Tout de suite après la détonation fracassante de la Weatherby, le type de la voiture s'était arrêté et avait promené des regards autour de lui, visiblement inquiet. Il n'en avait pourtant pas moins continué de marcher pour s'arrêter quelques instants plus tard devant une borne à relais téléphonique. Il en avait ôté le couvercle pour placer à l'intérieur une boîte métallique. Maintenant, il paraissait fixer des fils et établir une connexion. Puis il referma le couvercle et s'en alla d'une démarche très normale vers sa voiture qui démarra et s'éloigna lentement vers le sud.

Bolan eut un sourire amusé.

— Venez, dit-il à la jeune femme en récupérant son matériel de combat.

Ils rejoignirent le mobil home dissimulé à moins de deux cents mètres derrière le faîte de la colline. Bolan fit tourner le moteur, conduisit le véhicule tout terrain à plus d'un kilomètre de distance et stoppa dans un chemin de traverse. Il brancha le scanner de bord, sélectionna la sensibilité de réception, puis décrocha son radio-téléphone et composa le numéro de Daglione. Ness répondit tout de suite.

— Tu t'es fait livrer un nouvel appareil ? fit Bolan en sachant très bien que le *capo* utilisait un autre poste de sa demeure.

— Tu aurais pu me descendre, renvoya Daglione d'une voix lugubre.

— Ce n'était pas mon intention. Tu y crois, maintenant ?

— Je suis convaincu qu'il n'y a qu'un seul fumier pour tirer comme ça.

Bolan fit entendre un rire bref.

— Alors, rappelle-toi bien notre conversation. D'un côté, tu as tout à gagner.

— Du tien, hein !

— Question de bon sens.

— Et de l'autre ?

— Fais ton testament.

— Je n'ai pas envie d'écrire.
— *Ciao*, Ness.

Bolan raccrocha. Il mit en route l'enregistreur couplé au scanner-radio, fit revenir la bande à son début et écouta.

— *Tu t'es fait livrer un nouvel appareil ?*
— *Tu aurais pu me descendre.*
— *Ce n'était pas mon intention.*

Il stoppa la bande, édifié. Daglione était « branché ».

— Vous avez microté son téléphone ? questionna Anna.
— Pas moi. Le clan adverse. Ceux qui vous avaient si gentiment invitée dans cette maison de campagne.

Elle piocha une cigarette dans le paquet abandonné par Bolan sur le tableau de bord, l'alluma puis questionna abruptement :

— Vous visez toujours la tête des gens sur lesquels vous tirez ?
— Pourquoi ?
— J'ai vu ceux que vous avez descendus dans cette baraque. Répondez-moi. C'est pour les terroriser, pour que ce soit plus horrible ?
— Ça n'a rien à voir, répliqua Bolan qui aurait donné n'importe quoi pour éviter ce genre de discussion.
— Je veux savoir.

Il poussa un soupir et expliqua :

— Quand vous touchez quelqu'un à la poitrine, ce n'est pas toujours dans un organe vital. Et même si l'une de vos balles traverse le cœur, il peut s'écouler de une à cinq secondes avant que votre adversaire soit neutralisé, ce qui lui laisse le temps de vous vider un chargeur dans la carcasse. En lui tirant dans la tête, vous paralysez instantanément le corps. Il n'y a plus de réaction volontaire possible. Est-ce que ça vous suffit comme explication ?

Elle frissonna.

— Comment faites-vous pour ne jamais rater une si petite cible ?

— J'ai tout simplement un bon entraînement.

— C'est affreux.

— Je ne prétends pas le contraire. Une guerre est toujours affreuse, surtout lorsqu'on a affaire à la Mafia.

— D'accord, admit-elle d'un ton soudain acerbe. Vous faites la guerre. Vous êtes le grand Mack Bolan le justicier. Vous n'assassinez pas les gens, mais vous éliminez les méchants. En fait je suppose que vous pensez avoir toujours raison. Vous ne faites jamais d'erreur et vous n'avez jamais le remords de vos actes.

Il lança le puissant moteur Toronado et répliqua sur le même ton :

— Je fais effectivement la guerre. Je m'appelle Mack Bolan. Je n'ai jamais assassiné qui que ce soit d'honnête et je m'efforce d'éliminer un maximum de salauds. En fait, je crois avoir raison mais je n'en suis pas toujours sûr. J'essaie de ne pas faire d'erreur et je n'éprouve pas le moindre remords quand je tue une crapule comme celles que j'ai découvertes en votre compagnie. Savez-vous ce qu'ils ont fait au pauvre type qu'ils avaient enfermé dans la cave de cette maison ? Ils appellent ça un *turkey*. Ça veut dire qu'ils l'ont torturé pendant plusieurs jours pour l'obliger à dire ce qu'il savait. Ils lui ont coupé des membres, ils lui ont lacéré et brûlé la poitrine, ils...

— Oh, taisez-vous ! cria-t-elle. Je l'ai entendu hurler toutes les heures.

— C'est ça, la guerre contre la Mafia, conclut Bolan.

Anna Daglione tira longuement sur sa cigarette, puis allongea ses jambes sous le tableau de bord. Depuis qu'elle s'était trouvée en face de l'Exécuteur, c'était la première fois qu'elle donnait l'impression de se détendre. Paradoxalement. Malgré la tension de l'instant.

— Oui, ça fait une différence, admit-elle. Mais je ne crois pas que Ness aurait jamais fait une chose pareille.

— Vous seriez surprise de savoir ce qu'il a pu faire pour arriver au rang qu'il occupe actuellement dans la pègre. J'ai ici une documentation électronique qui le concerne et que vous pourrez consulter.

— Je préfère n'être au courant de rien, monsieur Bolan. Je suis déjà assez écœurée comme ça. Pour parler de moi, quels sont exactement vos projets ?

— J'ai l'intention de vous attacher sur la couchette de cette grosse caisse et de profiter de vous quand tout sera terminé. Vous avez entendu parler du vampire de Cincinnati ?

— Blague à part ?...

Il haussa les épaules.

— Je peux vous remettre entre les mains de la police, l'essentiel pour moi est que votre père ne puisse pas vous récupérer avant le moment que j'aurai choisi.

— Après ça, vous vous fichez de mon sort.
— Vous êtes majeure.
— Pas pour lui.
— Appelez-moi à l'aide, je ferai peut-être un détour.
— Je crois que je préfère rester avec vous. Pour une fois que je peux faire une vraie fugue... Et maintenant, quel est le programme ?

Bolan ne répondit pas. Il savait quel était son prochain objectif avant la confrontation finale.

CHAPITRE XIII

Gaby Morana raccrocha le téléphone avec un sourire extasié.

— Ça y est, annonça-t-il. Le marché pourra être conclu cette nuit.

— C'était le métèque ? questionna Figarone.

— Oui, m'sieur. Ces enfoirés d'Iraniens sont prêts à échanger la came contre le gros bidule.

Battista Corelli, le superviseur des comptes, était présent dans le salon. Il demanda à son tour :

— Est-ce qu'il y aura la totalité du marché ?

— Il m'a certifié que tout est sur place.

Morana claqua des doigts et fit une petite pirouette.

— Cinq tonnes de *horse* qui nous attendent dans un entrepôt de White Oak ! On va pouvoir arroser le marché national pendant un bon bout de temps.

— On sait où ça se trouve ? s'enquit Corelli.

— Le mec a dit qu'il nous renseignerait au dernier moment. Ils sont prudents.

Figarone intervint en ricanant :

— Ce qu'ils savent pas, c'est qu'on est déjà au parfum.
— Comment ça ? s'étonna le « superviseur ».
— Tu ne pensais quand même pas que j'allais rester comme un con à attendre qu'ils nous bignoutent, non ? J'ai fait filer ces gus par quelques-uns de nos gars. Dis-moi, Gaby... On pourrait peut-être leur baiser la gueule. Suppose qu'une bande de salauds soit au courant qu'il y a un gros stock de came là-bas, et qu'ils décident de se l'approprier...

Morana réfléchit :
— Tu voudrais qu'on leur prenne la marchandise sans leur donner la contrepartie ?
— Ben !... faudrait pas qu'on apparaisse. On piquerait ensuite un coup de rogne parce que le marché n'a pas été respecté de leur côté.
— Et on exigerait une nouvelle livraison ? Non. C'est trop risqué. Ils ont certainement une troupe bien armée pour garder la *horse*, et même si on réussissait, ça attirerait la flicaille.
— OK, comme tu veux. C'est moi qui ai arrangé le coup...
— As-tu appelé Daglione ?
— Plusieurs fois, mais c'est toujours occupé.
— Essaye encore. Il faut qu'on soit sûr qu'il reste tranquille. Tu vois pas qu'il débarque au moment de l'échange...
— Putain ! éructa Figarone. Dire qu'il se pissait dessus il y a encore quelques jours !
—. Et maintenant, il nous lansquine à pleins jets sur la gueule, s'esclaffa Morana. Faut y mettre bon ordre.

Figarone se dirigeait déjà vers le téléphone

quand celui-ci se mit à sonner. Il décrocha et entendit une voix étouffée :

— Manny ? Il faut que je vous parle, c'est important.

— Ouais. C'est de la part de qui ?

— J'ose pas vous le dire, Manny. L'endroit où je suis n'est pas sûr.

— Bon, accouche.

— C'est au sujet de la personne que vous aviez invitée dans cette maison. Vous voyez de qui je veux parler. Une brune aux yeux verts.

— Vas-y...

— Elle a changé de main.

— Quoi ? Attends, répète.

— Des fumiers ont liquidé vos gars et ont empaqueté la personne.

— T'es sûr ?

— J' vous jure. J'étais dans le coin quand ça s'est passé. Y a eu des coups de flingue, un raffut terrible. J' suis allé jeter un coup d'œil en douce et j'ai vu le carnage, alors j' me suis planqué.

Figarone jura entre ses dents. Il questionna :

— Ils étaient combien ?

— Quatre. Quand ils ont embarqué la nana, j'en ai entendu un dire aux autres qu'il fallait tout de suite avertir quelqu'un à Manhattan pour lui dire que le coup était réussi.

— T'as entendu un nom ?

— Il me semble que le type a parlé d'un certain Mario, mais je suis pas certain. Il a dit aussi que maintenant, vous l'avez dans le dos. C'est comme ça que j'ai compris que vous étiez concerné !

— C'est tout ?

— Ben oui. Je suis pas resté sur place, ils auraient pu me repérer. J'ai voulu vous prévenir. Voilà...

— Tu peux vraiment pas me dire ton nom ?

— Disons que c'est Danny. Danny de Columbus.

— T'es de chez nous ?

— Heu, ouais. Enfin, pas vraiment. Je travaille pour une Famille, là-bas, mais j'ai entendu parler de vous et il paraît que vous recherchez de bons bras dans votre secteur. On dit que vous payez bien.

— C'est vrai. Ecoute, Danny, passe me voir un de ces quatre. On a toujours besoin de bons gars comme toi. Pour l'instant, on est en plein business, mais dans deux ou trois jours...

Figarone pensa que dans deux ou trois jours, si tout allait bien, lui et Morana seraient loin de Cincinnati, de cet enfoiré de Mario Gianelli et de ce vieux con de Daglione. Mario Gianelli qui essayait par la bande de leur faire un enfant dans le dos !

— D'accord, fit le nommé Danny. J'y manquerai pas. Et merci, m'sieur Manny.

— Y a vraiment pas de quoi, marmonna Figarone en raccrochant.

Puis il se tourna vers les autres et leur expliqua la nouvelle situation.

— C'est emmerdant, estima calmement Marona. Gianelli est un enfant de salaud, mais je préfère que le coup vienne de lui plutôt que de Daglione. Faut faire vite, Manny. Appelle-le tout de suite.

***

Bolan coupa son radio-téléphone en espérant que la manœuvre d'intoxication allait fonctionner dans le sens qu'il prévoyait. Le message qu'il venait d'envoyer de la part de « Danny de Columbus » était suffisamment plausible dans le contexte psychologique du moment pour faire commettre une erreur à Morana.

Il vérifia son Beretta et la mince dague de commando qu'il portait dans un étui lacé sur son avant-bras gauche, puis il déverrouilla la portière du mobil home.

— Vous serez parti longtemps ? demanda Anna assise sur le fauteuil passager.

— Quelques minutes si tout va bien.

— Si tout va bien ?

Il lui fit un clin d'œil rassurant et ajouta :

— Je reviendrai.

— Essayez, parce que je ne saurai jamais me débrouiller avec ce tank, tenta-t-elle de plaisanter.

Bolan sortit sans ajouter un mot. La villa de Nick Landers n'était pas loin, en bordure de Bridgeton. Landers occupait une place relativement importante dans les affaires de Morana. C'est lui qui était chargé de distribuer des enveloppes à certains fonctionnaires de la police pour qu'ils ne viennent pas regarder de trop près les combines en cours.

La villa était une sorte de bungalow en bois qui s'étalait de plain-pied sur un espace de verdure entouré par un muret. L'Exécuteur contourna la propriété par l'arrière, enjamba le muret et se fraya un chemin à travers des massifs. Il allait s'approcher de la maison quand il perçut un bruissement de feuilles et de branches cassées puis un cri étouffé. S'accroupissant, il vit la scène intéressante qui se déroulait à une douzaine de mètres de lui. Deux hommes étaient en train de lutter silencieusement. L'un était grand et fort, l'autre de taille moyenne mais d'une silhouette moins solide. Ce dernier était une connaissance récente de l'Exécuteur. Il se nommait Dwight Emmerson.

Bolan attendit. Pour l'instant, Emmerson ne semblait pas être en réel danger. Le gorille qui lui avait sauté dessus le coinçait à présent d'un bras autour de la gorge et le traînait vers la maison où ils disparurent par une porte latérale. Bolan laissa passer quelques secondes avant de rejoindre la porte qu'il poussa doucement. Elle n'était pas fermée et cet oubli se comprenait facilement. Silencieusement, il s'achemina dans un couloir jusqu'à ce qu'il entende un bruit de voix dans une pièce toute proche.

— J' l'ai trouvé dans le parc, annonçait une voix graveleuse qui appartenait vraisemblablement au gorille de service. Il essayait d'entrer en douce.

— Tu l'as fouillé ? fit une seconde voix plus distinguée.

Un court laps de temps s'écoula, puis le premier type claironna :

— Un petit flingue de rien du tout. Un .32...

Bolan s'approcha tout contre la porte entrebâillée et entendit encore :

— Qu'est-ce que vous vouliez faire avec ce pistolet, Dwight ? Vous pouvez m'expliquer ?

A cet instant, une voix de femme s'éleva avec de la colère dans le ton :

— Tu aurais pu m'épargner cette scène, Nick ! On m'avait promis qu'il ne serait jamais mis au courant.

— La ferme, Debbie ! Casse-toi d'ici, on a à parler.

Bolan en savait assez. D'un violent coup de pied, il repoussa le battant et fit irruption dans la pièce, le Beretta silencieux braqué devant lui.

C'était une assez grande salle de séjour meublée en style plain-folk. Il y avait là Dwight Emmerson qui se massait le cou d'une main tremblante, devant le costaud qui l'avait traîné jusque-là, puis un homme d'une cinquantaine d'années aux tempes grisonnantes qui devait être Nick Landers, et enfin une femme dont Bolan avait la photo : Deborah Keller, alias Debbie Emmerson.

Après le claquement de la porte contre le mur et l'irruption de Bolan, une longue seconde s'écoula dans l'incertitude. Les acteurs paraissaient curieusement figés sur place. La suite s'enchaîna comme dans un film d'action après un arrêt sur image. Le gorille pivota avec une vitesse prodigieuse pour sa corpulence et fit valser sa main vers son arme. Une ogive de 9 mm lui désintégra le nez et s'échappa par l'arrière de son crâne en un jaillissement pourpre qui inonda le visage de Debbie Keller. Celle-ci se mit à hurler tandis que Landers plongeait pour se mettre à l'abri derrière un canapé. Il parvint au terme de sa trajectoire mais à l'état de cadavre, la tempe fracassée par un second projectile qui n'avait pas fait plus de bruit qu'un raclement de gorge.

Bolan lança à Emmerson :

— Comment êtes-vous ici ?

Le fonctionnaire du Pentagone était livide et faisait manifestement un immense effort pour analyser ce qui venait de se produire devant ses yeux.

— Dépêchez-vous, insista Bolan. Je suis pressé.

— Je...

Emmerson regarda sa femme qui essayait avec sa main d'essuyer les souillures de son visage.

— Je cherchais Debbie, finit-il par articuler. J'étais venu demander à Landers s'il n'avait pas une information à son sujet...

— Vous le connaissiez ? l'interrompit Bolan.

— Nous nous sommes vus quelquefois dans des cocktails. Il connaissait bien Debbie.

— Et Figarone. Et Morana aussi.

— Vous voulez dire Richter ?

— C'est pareil.

— Lui, oui. Pour Morana, je ne sais pas.

— Continuez.

Emmerson déglutit péniblement.

— J'étais à peine arrivé à proximité de cette maison quand j'ai vu Debbie qui descendait d'une voiture et entrait chez Landers. Le chauffeur ne l'a pas suivie. Elle avait la liberté de ses mouvements. Vous comprenez ?

— J'ai essayé de vous joindre chez vous, dit Bolan. Si vous y étiez tranquillement resté, je vous aurais expliqué ce qui se passe. Votre femme est de mèche avec la Mafia. Elle vous berne depuis le début. Vous ne vous en êtes jamais douté ?

— Eh bien... J'ai eu un doute, après votre départ ce matin. Je me suis posé des questions et j'ai voulu vérifier.

— Je ne t'ai pas trompé ! cria hystériquement Deborah Keller. Ils m'ont obligée à faire ça.

Emmerson devint rouge, brusquement :

— Tu m'as toujours menti, Debbie. Jamais je n'aurais cru que... Et à cause de ce que tu as fait, j'ai bousillé ma carrière. Ma carrière est foutue, tu entends ? Et je vais être jugé pour ce que j'ai fait.

Bolan n'avait pas l'intention d'assister à ce genre de scène. Il annonça d'une voix glacée :

— Ça suffit, Emmerson. Partez. Quittez cette maison.

— Vous voulez que je m'en aille comme ça !

— Allez voir les flics fédéraux et racontez-leur toute l'histoire. Demandez Carl Lyons, il vous écoutera et il pourra peut-être minimiser la casse en ce qui vous concerne. Emmenez votre femme avec vous.

— Je ne veux plus la voir. Emmenez-la si vous voulez.

Emmerson baissa la tête et émit un son qui ressemblait à un sanglot. Il se reprit brusquement en redressant le buste et dit :

— Je voudrais vous parler. Je ne sais pas exactement qui vous êtes, sans doute une sorte d'agent spécial, mais je dois vous donner une information. Après, vous pourrez faire de moi ce que vous voulez.

— Je vous écoute.
— Pas ici. Pas en sa présence.

Bolan l'entraîna dans le couloir, poussa doucement le fonctionnaire dans un petit salon.

— Allez-y maintenant.
— C'est au sujet de ce qu'on m'a demandé de faire, commença-t-il.

Bolan le coupa :

— La sortie du Pershing de la centrale de Dayton ?

L'autre s'effondra.

— Ah ! Vous êtes au courant...
— Je sais pas mal de choses sur cette affaire.
— Je peux vous dire où il est. Du moins où je l'y ai vu pour la dernière fois. Je suis peut-être un lâche, j'ai accepté de me compromettre par amour pour ma femme, mais je sais aussi où est finalement mon devoir, quelles qu'en soient les répercussions... Lorsque le système Pershing a quitté la centrale, j'ai suivi les deux camions dans lesquels il avait été chargé. Le matériel a été entreposé près de North College Hills. Dans Eagle Creek.

Pas bien loin de Mount Hope où s'étaient repliés Morana et Figarone, pensa Bolan. Les chacals tenaient à avoir la marchandise à portée de main. Emmerson lui donna les coordonnées de l'endroit.

— OK. Ça pèsera dans la balance. Maintenant, partez...

Il fut interrompu par un léger craquement dans le couloir. Bolan dégaina son Beretta mais il ne put intervenir à temps pour retenir Emmerson qui s'était précipité hors de la pièce. L'Exécuteur déboucha à son tour dans le couloir pour apercevoir Deborah Keller qui braquait sur eux le petit automatique .32 que le garde du corps avait enlevé au fonctionnaire. Deux coups de feu claquèrent. Le premier fit voler des éclats de bois au plafond, le second arracha une plainte à Emmerson. Bolan tira à l'instinct. Sa balle percuta le .32 et l'envoya valdinguer à plusieurs mètres derrière la femme qui poussa un gémissement. Elle n'était pas blessée. Il s'agissait sans doute d'une simple foulure due à l'impact. Emmerson, lui, avait une estafilade sanglante sur la joue, mais c'était sans gravité.

— Ça ira, dit-il en grimaçant, posant un regard écœuré sur sa femme. C'est curieux, je crois qu'il vient de se passer quelque chose en moi. Je n'éprouve plus de sentiments pour elle. C'est comme si elle n'était qu'une étrangère. Vous trouvez ça normal ?

Bolan eut soudainement pitié de lui. Son cas n'avait rien d'étonnant en soi, c'était sa conscience qui prenait le dessus. Et il allait certainement en baver avant de refaire surface.

— Appelez les fédéraux et demandez Carl Lyons. Faites ça tout de suite, Emmerson.

Il lui griffonna un numéro de téléphone sur un bout de papier, puis marcha vers la sortie de la villa sans se retourner.

Il ne voulait plus penser au couple Emmerson. Ce n'était plus son affaire.

CHAPITRE XIV

Il n'était que six heures et demie du soir, et il faisait déjà pratiquement nuit. La pluie avait cessé depuis le milieu de l'après-midi, mais une épaisse couche de nuages charriés par un vent d'ouest formait un écran de plomb aux derniers rayons du crépuscule.

Le char de guerre était immobile, en position sur le haut d'une grande colline, près de West Fork Mill Creek. De là, il dominait une grande partie de la région, depuis Mount Hope, le nouveau QG de Morana, jusqu'à Greenhills où se tenait la propriété du *capo* de Cincinnati. Ce n'était pas sans raison que l'Exécuteur avait choisi cette position. A vol d'oiseau, la distance qui le séparait de chacun des clans était inférieure à dix kilomètres, ce qui lui laissait la possibilité de recevoir sur l'une de ses radios de bord les éventuelles émissions de la Mafia. Le second récepteur était branché sur la fréquence spéciale que Carl Lyons avait mise à sa disposition.

Tout le matériel technique dont disposait

Bolan était hautement sophistiqué et relevait d'une technologie de pointe issue de l'ère spatiale. Il disposait de moyens logistiques que ses adversaires ainsi que la police étaient loin d'imaginer. De plus, le char de combat camouflé était équipé d'un dispositif offensif très poussé dont la pièce maîtresse consistait en une tourelle escamotable de tir pouvant larguer des salves de six fusées explosives à la cadence d'un coup toutes les cinq secondes ; le système était couplé à un computer de visée et de guidage. Les portières du module de combat ainsi que l'arrière du véhicule cachaient des lance-grenades dans leurs parois métalliques. Deux mitrailleuses Remington de calibre .50 montées sur pivots dans la calandre permettaient d'arroser l'espace devant la cabine dans l'éventualité d'une percée à opérer dans les rangs ennemis. Et les parois ainsi que les vitres étaient à l'épreuve des balles, même celles de gros calibre.

Le char de guerre constituait donc une arme extrêmement efficace entre les mains d'un guerrier aussi expérimenté et entraîné que Mack Bolan. Mais ce n'était pas suffisant pour déterminer une victoire totale. L'Exécuteur savait que l'engin n'était pas à l'abri d'une arme anti-tank à charge creuse et, de toute façon, il ne pouvait l'utiliser que sur un théâtre opérationnel précis pour ne pas provoquer d'innocentes victimes.

Bolan devait avant tout utiliser sa cervelle afin de créer les conditions requises à un affrontement total avec toute sa puissance de feu. Il ne désirait pas non plus morceler ses actions, gaspiller ses chances en n'attaquant que des objectifs isolés du gros de la troupe.

Il les voulait tous.

Tout de suite après avoir quitté le couple Emmerson, il avait rallié sa nouvelle position tactique et entrepris de vérifier le bon fonctionnement de ses appareils de bord. Tout était prêt, à présent. Il n'y avait plus qu'à attendre le moment fatidique.

Bolan avait tenu à ce que sa jeune passagère quitte le véhicule avant l'action finale. Il lui avait renouvelé sa proposition de la remettre entre les mains de son allié fédéral, Carl Lyons, mais elle avait catégoriquement refusé, arguant avec un aplomb phénoménal qu'elle ne voulait rien perdre du spectacle et qu'elle désirait vérifier à quel point la réputation de l'Exécuteur était fondée. Elle avait ajouté qu'elle ne savait d'ailleurs pas où aller. A part la demeure paternelle, il n'existait aucune possibilité d'hébergement. Elle n'avait pas d'amis, Ness avait tout fait pour cela ; pas plus que de famille véritable où elle eût pu se réfugier. Bolan la croyait sur parole, d'autant plus qu'il était bien informé de la situation et il avait finalement estimé que le seul endroit où elle serait en sécurité était le mobil home, quitte à la larguer en cours de route si l'affaire tournait mal et à entraîner ses adversaires à bonne distance.

A sept heures un quart, Bolan joignit Carl Lyons à l'antenne fédérale et lui demanda de le rappeler d'une cabine publique pour lui éviter des complications avec les G'men locaux. Il l'eut quatre minutes plus tard en ligne.

— Tout va bien pour toi ? questionna tout de suite l'agent spécial du FBI.

— Je suis en *stand-bye*. Pas de problèmes ?
— Non. A part O'Kief qui est sur les nerfs et qui tanne tout le monde. Il fait quadriller toute la région par ses patrouilles, il a décroché la bénédiction inconditionnelle du grand patron... Au fait, j'ai récupéré un certain type qui m'a appelé de ta part. Enfin, il a dit qu'un de mes collègues lui avait conseillé de faire ça. Comment te sens-tu dans la peau d'un agent spécial, *Striker* ?
Bolan éluda :
— Dwight ?
— Affirmatif. Il a commencé à me déballer son histoire. Je l'ai enfermé à clé dans un bureau devant un magnétophone.
— Essaie de ne pas trop l'accabler. Il s'est fait rouler dans la sciure par les *amici* à travers sa femme.
— C'est ce que j'ai compris. De toute façon, sa confession ne passera pas entre les mains des locaux, elle parviendra directement à Hal qui pourra peut-être amortir un peu le coup. Pour elle, ce sera plus difficile. Elle est mouillée jusqu'à l'os.
— Depuis des années, confirma Bolan.
— Oui. C'est Manny qui l'a prise en main dès le départ et qui lui a permis de se lancer dans le cinéma.
L'Exécuteur changea de sujet :
— Je n'ai toujours rien reçu sur la fréquence spéciale.
— Je voulais t'en parler. J'ai écouté quelque chose qui pourrait être intéressant juste au moment où le technicien terminait l'installation du *bug*, au Central téléphonique. Je n'ai pas eu le

temps d'enregistrer. C'était un gus qui appelait Gaby. Il avait un accent oriental. C'est Manny qui a pris la communication et ça se résume à quelques phrases : le marché pourra être conclu cette nuit. La marchandise est arrivée dans un entrepôt de White Oak, sans plus de précision... Le type rappellera plus tard pour indiquer l'endroit. Son accent paraît confirmer ce que tu penses, *Striker*. Ils doivent avoir négocié une combine avec un pays arabe. On pourrait penser à la Libye ou l'Iran.

Bolan annonça :

— Je sais où est ton bidule.

— Quoi ?

— Ton système atomique.

— Bon Dieu, tu m'étonneras toujours.

— Emmerson ne t'en a pas parlé ?

— Pas encore. Je suis resté très peu de temps avec lui avant de le planter devant son enregistreur. Ça irait plus vite si tu me donnais le renseignement.

Bolan le lui donna et ajouta :

— C'est au cas où je raterais mon coup. N'envoie personne en récupération pour l'instant.

— Tu veux que je laisse l'engin...

— Oui. Si quoi que ce soit se produit avant, mon plan part en fumée. Les rats se disperseront et tout sera à reprendre de zéro.

— C'est jouer avec le diable.

— Pour l'instant, c'est mon allié.

— Mais il pourrait t'arriver quelque chose, on ne sait jamais.

— Si c'était le cas, repère-toi au vacarme que

tu entendras. Ton engin sera sur place, avec les *amici*.

— Il y aura aussi O'Kief et ses équipes.

— J'y compte bien.

Carl Lyons soupira.

— J'espère que tu sais où tu mets les pieds, *Striker*.

— Moi aussi, sourit Bolan. N'oublie pas de me balancer ta fréquence.

— Sois sans crainte. Pour l'instant, les deux zouaves paraissent s'être mis en sommeil. Ils doivent se méfier du téléphone ou alors ils bloquent la ligne dans l'attente qu'on leur annonce la précision.

— C'est aussi mon avis. *Ciao*.

— Heu, *Striker* ?

— Oui.

— Bonne chance.

Bolan interrompit la communication. Il entreprit ensuite de consulter l'enregistreur-radio dont le voyant rouge s'était allumé, indiquant qu'une communication était intervenue. En fait, il y avait deux enregistrements, émanant de la maison de Daglione.

— *Ness ? C'est moi, heu, Manny. Il faut qu'on cause, tous les deux.*

La voix du *capo* répliqua sèchement :

— *J'ai pas envie de parler à un enfoiré. Qu'est-ce que tu viens dégueulasser mon téléphone ? Tire-toi.*

— *Attends, bon Dieu ! Cette histoire qu'il y a entre nous est complètement con. On devrait s'arranger.*

— *Toi et l'autre ordure, vous vous êtes déjà arrangés sur mon dos.*

— Ouais. D'accord. C'est vrai qu'on a fait une erreur. Gaby et moi, on le reconnaît. Mais faut dire que tu nous as pas tellement permis de discuter avec toi. Tu t'es tout de suite braqué. Maintenant, on se dit qu'il est temps d'arrêter cette connerie.

— Où est le coup pourri ? demanda Daglione, méfiant.

— J' te jure qu'on est sincère. On va te rendre la petite, Ness. Comme gage de bonne foi. Et on te demande rien d'autre que de pouvoir discuter avec toi.

— C'est pas des charres ?

— T'as ma parole.

— Bon. Alors, t'as qu'à me l'envoyer.

— Ce serait pas prudent. Y se passe des choses que je peux pas t'expliquer au téléphone, c'est une question de sécurité pour la gosse. Gaby et moi on tient à ce qu'elle t'arrive en bon état. J' te propose un rendez-vous où on te la remettra en personne. Tu peux choisir toi-même l'endroit.

Un silence marqua cette partie de l'enregistrement, puis Daglione reprit :

— D'accord. A Finneytown. J'attendrai là-bas.

— Dans ton entrepôt ? Ça fait loin de chez nous.

— Je n'ai pas envie de m'éloigner de chez moi.

— Bon, va pour Finneytown. A neuf heures, ça te va ?

— Pas avant onze heures, rétorqua Daglione d'un ton cassant.

— Merde. Tu y mets pas tellement de bonne volonté.

— C'est toi qui dis ça ? J'ai du travail ici pour l'instant.

— Okay, soupira Manny Figarone.

— *J'espère pour toi et Gaby qu'il n'y aura pas de problème,* conclut Ness.

Un déclic annonça la fin de communication. Bolan passa au second enregistrement. Cette fois, c'était le *capo* qui avait pris l'initiative de l'appel :

— *Tommy, il faut te préparer tout de suite.*

— *On est prêt, patron,* fit un type sur un ton déférent.

— *Il faut que tu envoies quelqu'un pour surveiller ces types et qu'il t'avertisse dès qu'ils commenceront à se mettre en route. Ne bouge pas avant ça, c'est très important. Tu as bien compris ?*

— *Tout sera fait comme vous le voulez, patron.*
— *Bien.*

De nouveau, il y eut un déclic de coupure. C'était tout. Bolan sourit dans l'ombre de la cabine de pilotage. Ness avait suivi ses conseils. Il avait feint d'accepter le marché proposé par Figarone tout en sachant très bien qu'il s'agissait d'une manœuvre visant à le neutraliser temporairement. Et maintenant, il préparait ses troupes, non pas pour se rendre au rendez-vous bidon, mais pour fondre sur le clan Morana-Figarone. La seconde conversation téléphonique avait été brève et interprétable de diverses façons. Donc Daglione avait passé des consignes préalables à ses soldats. Ce qui signifiait de toute évidence qu'il était informé de la tractation en cours et vraisemblablement du lieu où elle devait finalement se conclure. Il était vraisemblable aussi qu'il faisait surveiller et espionner ses rivaux depuis pas mal de temps.

Logique en somme. Ness « the Fox » (le Renard) n'avait pas usurpé son surnom.

Bolan rentra dans le module d'habitation. La jeune femme était en train de préparer du café dans la kitchenette. Il déplia d'une cloison la seconde couchette de la cabine et s'étendit dessus après avoir consulté sa montre. Il était sept heures dix. L'Exécuteur avait besoin de se détendre quelque temps avant l'assaut final. Tout son dispositif était en place. Les ondes hertziennes allaient jouer un rôle capital dans l'exécution préliminaire de son plan. Dès qu'un signal sonore retentirait sur le récepteur branché sur la fréquence de Carl Lyons, Bolan saurait que l'hallali devrait commencer.

Anna Daglione s'approcha de lui, une tasse à la main. Il se redressa pour prendre le café et le but à petites gorgées tout en réfléchissant tandis que la fille s'asseyait à côté de lui.

— C'est bientôt le dénouement ? questionna-t-elle d'un ton qu'elle voulait léger.

— Oui.

— Qu'est-ce que vous allez faire à mon père ?

Il nota que pour la première fois depuis qu'il la connaissait elle venait d'employer le terme « père ».

— Ça va dépendre de lui.

— Vous voulez sans doute dire que s'il fait ce que vous attendez de lui, vous lui permettrez de rester en vie.

Bolan grogna, l'esprit ailleurs, et répliqua :

— C'est à peu près ça.

— Et vous vous attendez à ce qu'il coopère ?

— Ouais.

Elle eut un sourire de gamine.
— Vous n'êtes pas très bavard.
— Je n'ai pas envie de bavarder.
— On pourrait peut-être faire autre chose.

Bolan la regarda. La proposition était sans équivoque. Bien sûr, il avait à côté de lui une fille splendide et toute prête à « coopérer » à sa façon. Tout à ses préoccupations, il n'y avait d'abord prêté qu'une attention purement fonctionnelle, uniquement centrée sur ce qu'elle représentait pour lui. Elle était la fille de Daglione. Un pion humain sur l'échiquier de son plan de bataille. Depuis combien de temps avait-il fait l'amour pour la dernière fois ? Trop longtemps, sans aucun doute. Sa croisade contre les cannibales ne lui laissait guère de répit. Il lui tendit la tasse vide et s'allongea complètement sur la couchette.

— Je connais un bon moyen de se relaxer, insista-t-elle, posant la tasse sur le plancher du véhicule et se penchant sur lui. Mais peut-être que ça vous gêne que je sois la fille d'un truand ?
— Ne dites pas de bêtises.
— Je vous plais ?
— Dix sur dix. Vous avez tout ce qu'il faut pour ça, lui sourit-il.
— N'allez surtout pas vous imaginer que j'essaie de vous acheter en vendant mon corps.

Son sourire s'accentua.
— Ce que j'imagine en ce moment n'a rien à voir avec ça.

Elle eut un rire clair et son regard devint lumineux. Puis elle dit d'une voix soudain un peu rauque :

— J'ai tout simplement envie de vous. Et par la même occasion, ça me permettrait de savoir si vous n'êtes pas seulement un robot, si vous avez vraiment un cœur, quelque chose qui soit encore vivant en vous.

Il lui prit la main et la posa sur sa poitrine.

— Oui. Je crois bien que j'entends battre quelque chose, constata-t-elle en se mordillant les lèvres avec l'air d'une petite fille intimidée.

Bolan l'attira doucement à lui et la sentit aussitôt frémir. D'un seul coup, Anna Daglione n'avait plus rien d'effronté ni d'imprévisible. Elle n'était qu'une femme jeune et infiniment désirable, qui se sentait subitement fondre dans les bras d'un homme qu'elle avait tout d'abord cru incapable de sentiments, seulement dur et implacable, constamment sur le pied de guerre, une sorte de mort-vivant braqué vers une pensée unique. Certes, Mack Bolan était tout cela la plupart du temps. Mais il avait aussi un cœur et une âme. Une sensibilité intense qu'il ne parvenait pas toujours à refouler au plus profond de son être.

Il savait qu'il n'était qu'un mort en sursis et qu'un jour il succomberait sous le feu adverse ou sous les balles des policiers. Mais pour l'instant, il n'avait qu'une idée en tête : vivre à fond ce court intermède, cet instant de grâce dérobé à l'enfer. Une infime parcelle d'éternité.

Manny Figarone reposa le téléphone et fixa Morana avec un rictus de complicité. Il annonça :

— C'était le flic privé. Il m'a passé l'enregistrement d'un appel de Ness.

— Alors ? grogna Morana.

— Il tombe dans le panneau. Il est en train de réunir des hommes pour aller à ce rendez-vous. Je parie qu'il va envoyer un maximum d'effectifs à Finneytown. Je donnerais cher pour voir sa gueule quand il comprendra qu'on l'a baisé. Il est capable de poireauter des heures dans son entrepôt pour revoir sa connasse.

— Espérons-le.

— Maintenant, je suis sûr qu'y aura pas de problème. Rien qu'à l'entendre tout à l'heure au téléphone...

— Mais ça ne nous laisse que quelques heures de tranquillité. Et le métèque n'a toujours pas rappelé.

— Ces crouilles sont vachement méfiants.

— On va attendre encore une heure, décida Morana. Après, on lui passera un coup de fil pour lui dire qu'il faut conclure tout de suite ou le marché ne tiendra plus.

— Il ne veut pas qu'on l'appelle là-bas.

— J'en ai rien à foutre. On sait à quel point ils ont envie d'avoir le matériel. Faudra bien qu'il marche comme on lui dira.

— D'accord avec toi. Combien d'hommes on emmène avec nous ?

— Tous les gars. On peut pas se permettre qu'il y ait une couille. Je veux un maximum de protection. Les conducteurs des camions sont prêts ?

— Ils sont déjà sur place là-bas, ils n'attendent qu'un mot de notre part.

Gaby Morana consulta sa montre et poussa un soupir.

Il avait encore cinquante-sept minutes à attendre.

CHAPITRE XV

L'Exécuteur avait enfilé sa combinaison noire. Sous son aisselle gauche, le Beretta silencieux était logé dans un holster spécial muni d'une armature métallique. « Big Thunder », l'énorme AutoMag 44 pendait sur sa hanche droite. Des chargeurs de rechange pour les deux armes étaient fixés sur son gros ceinturon militaire, et des grenades à fragmentation s'alignaient sur une bandoulière en cuir qui lui barrait la poitrine. D'autres chargeurs étaient insérés dans des poches de son costume de combat, destinés à un PM mini-Uzi qui pour l'instant attendait sagement sur le plancher du véhicule, à côté du fauteuil de conduite.

Toutes les armes offensives de bord avaient été soigneusement approvisionnées et contrôlées une dernière fois avant l'ultime phase d'immobilité, ainsi que l'équipement logistique du module opérationnel.

Autour du mobil home, c'était la nuit. Une obscurité totale qui allait être l'alliée du grand guerrier immobile derrière son volant, aussi relaxé qu'un fauve se préparant à une chasse nocturne.

Mack Bolan était prêt.

Il n'y avait plus qu'à attendre le signal qui serait donné par l'ennemi sans même que celui-ci en soit conscient.

Anna Daglione était assise à sa droite, un peu tendue par l'attente, et fumait silencieusement une cigarette.

Trois quarts d'heure plus tôt, l'un des deux récepteurs-radio avait émis une tonalité musicale indiquant qu'un enregistrement venait d'être fait. Mais ce n'était pas encore le *top* décisif attendu par Bolan. Il s'agissait de l'appel d'un correspondant anonyme à Figarone, lui répercutant une conversation de Ness avec l'un de ses lieutenants. Les *amici* de Mount Hope devaient logiquement être rassurés quant à la neutralité du *capo* de Cincinnati. Du moins pour quelques heures.

— Qu'est-ce que tu attends exactement ? s'inquiéta la jeune femme un peu plus tard, alors qu'une petite rafale de pluie sporadique vint brouiller le pare-brise et s'arrêta aussitôt.

— Que la meute sorte de sa tannière, répondit-il d'une voix très calme, exactement comme s'il attendait un vieil ami à la terrasse d'un café.

A neuf heures et quart, l'enregistreur-radio se manifesta par une tonalité qui fit sursauter Anna. Bolan renbobina la bande et écouta. Ça y était. Figarone venait d'appeler un correspondant à l'accent oriental. Il était question d'un point de rencontre situé non loin de White Oak, en bordure de Steel Creek.

Il ferma un instant les yeux, eut une légère crispation des lèvres et lança le moteur Toronado puis engagea lentement le lourd véhicule sur la route bordant la colline. Il ne s'agissait pas d'une course contre la montre. Il fallait d'abord laisser passer la meute et la suivre ensuite jusqu'à l'endroit du festin.

***

Gaby jubilait. Assis à côté de Manny Figarone à l'arrière de la grande Cadillac, il sifflotait doucement. Bepo Rastelli, le chef de la garde, avait pris place à droite du chauffeur, un homme choisi parmi les autres soldats parce qu'il avait participé à des rallyes dans le passé.

Figarone, lui, vérifiait et revérifiait un revolver .38 Spécial dont il fit tourner le barillet d'un coup de paume de la main. Gaby cessa soudain de siffler et lui jeta un coup d'œil agacé.

— Ça te ferait rien de ranger ce flingue ?

— T'aimes pas les armes, hein ! lui renvoya son associé en ricanant. Seulement, si les métèques ont eu l'idée de pas être très corrects, ça pourrait être vachement utile.

— Tout se passera bien. Dans moins d'une heure, on aura transbordé les caisses et on pourra repartir avec le nouveau chargement.

Devant la Cadillac, deux voitures sombres ouvraient la route tandis que quatre autres suivaient à distance réduite. De grosses limousines bourrées de soldats. Les deux camions chargés avec le matériel militaire roulaient en arrière. Tous les véhicules étaient équipés d'une liaison

radio. C'était ce qu'il est convenu d'appeler un
« convoi exceptionnel ».

Quelques instants plus tard, la voiture de tête
doubla une grande caravane bariolée de peintures artistiques représentant des filles sur une
plage exotique. Les filles donnèrent l'impression
de danser dans les faisceaux des phares. La
Cadillac la dépassa à son tour, puis le reste du
convoi, en cascade. Figarone rigola :

— Dire qu'il y a des mecs qui vivent là-dedans ! Faut être givré. Tu crois qu'il y a des
nanas à poil dans cette caisse ?

Bepo partit d'un rire graillonnant et donna la
réplique :

— Ce gus a p't-être bien emporté des biscuits
pour voyager. Moi, je trouve que c'est pas con. On
devrait penser à s'équiper avec ce genre de truc
roulant, ça aiderait au moral des troupes.

Manny fit écho en riant à son tour, suivi par le
chauffeur, et la boutade arracha un sourire à
Morana.

Ils étaient loin d'imaginer ce que le gros « truc
roulant » cachait sous ses flancs ornés de jolies
filles.

***

Bolan s'était laissé dépasser par les voitures,
puis par les deux camions. Il avait pu apprécier
ainsi l'étendue de la force adverse. Au moins
quarante hommes sûrement armés jusqu'aux
dents.

Il brancha son ordinateur de navigation encastré dans le tableau de bord et repéra une route secondaire qu'il avait notée durant son attente. Un chemin, plutôt, envahi par la boue mais qui allait lui faire gagner de précieuses minutes en lui raccourcissant le trajet de près de cinq kilomètres. Il y engagea le véhicule tout-terrain et maintint une allure assez rapide malgré les cahots. Encore une demi-heure de route, au maximum, et il atteindrait son champ de bataille.

Son scanner-radio était allumé. Depuis le départ, il avait capté des messages émanant de patrouilles de police, parfois lointains, parfois relativement proches. Le quadrillage *Grid Case* était parfaitement en place et sûrement qu'à la moindre alerte les flics allaient accourir à toute vitesse. Tout devrait donc se dérouler en quelques minutes.

Bolan rétrogradait pour sortir du chemin boueux quand il perçut à travers son appareil une émission qui n'avait rien à voir avec celles des policiers :

— *Tu les as vus ? Ils viennent de passer devant la caisse de Johnnie.*

— *Ouais. Ils sont vachement nombreux. Probable qu'ils ont de gros flingues bien astiqués.*

— *Nous aussi, on est nombreux et bien équipé.*

Puis :

— *Regroupez-vous et suivez-les à distance. On sait où ils vont, pas la peine de se faire repérer.*

La dernière voix était celle de Ness Daglione. Le vieux renard était lui aussi sur la piste, ainsi que Bolan l'avait prévu.

*
**

Dans la nuit opaque et empreinte d'humidité, on aurait dit que l'endroit était au bout du monde. Seules les veilleuses des véhicules étaient visibles, les chauffeurs ayant éteint leurs phares par prudence. De loin, un observateur non averti aurait pu s'imaginer assister au rassemblement des membres d'une secte satanique avec flambeaux, et défilé de circonstance. C'était sinistre à souhait.

Le char de guerre était immobile, tous feux éteints, dans un champ légèrement en surplomb à environ deux cents mètres du lieu de rencontre. Les caméras de bord infrarouges fonctionnaient, envoyant une image rougeâtre de la scène sur un écran vidéo du module opérationnel. Sur le toit du véhicule, la tourelle équipée de six roquettes avait émergé à l'air libre et se tenait pointée vers les lucioles sataniques, prête à faire jaillir la mort et la destruction.

Bolan étudiait sur l'écran la position des forces ennemies. Les sept voitures transportant la troupe étaient à présent arrêtées dans un chemin qui aboutissait à un hangar métallique. Les deux poids lourds se tenaient eux aussi immobiles sur la route perpendiculaire, à bonne distance. Une mesure évidente de prudence. Par contre, quelque chose clochait dans le décor. Il y avait bien trois véhicules en attente devant le hangar, manifestement ceux des seconds partenaires du marché, mais nulle présence humaine. Pas le plus petit mouvement qui eût pu indiquer qu'un comité de réception était en place pour procéder à l'échange.

Soudain, plusieurs masses sombres se détachèrent en bordure de l'écran vidéo. Bolan actionna le mécanisme des caméras pour les faire légèrement pivoter et put examiner une obscure procession en approche lente. Il compta six voitures à la queue leu leu, qui roulaient tous feux éteints, encadrées par de petites silhouettes verticales. Des tanks avec leurs fantassins.

— Daglione, murmura-t-il, l'œil rivé à la faible lueur de l'écran.

La fille qui se tenait à côté de lui respira plus vite. Sa main vint se crisper sur l'épaule de Bolan qui fit de nouveau pivoter les caméras vers le hangar. Les hommes de Figarone n'avaient toujours pas bougé. La situation leur paraissait évidemment suspecte. Puis une lourde silhouette descendit d'une voiture, suivie peu après de cinq hommes et le groupe commença à s'approcher lentement du hangar.

Le temps d'ouvrir les hostilités était venu.

D'abord, il fallait empêcher les poids lourds de tenter une manœuvre de repli. L'Exécuteur pianota rapidement sur le clavier de la console électronique pour programmer un premier tir d'encadrement sur les camions. Lorsque cela fut fait, il détermina d'autres coordonnées d'objectifs, revint sur l'axe du hangar puis sur la position des véhicules sombres qui n'étaient plus qu'à une centaine de mètres des premiers arrivants. Il nota l'arrêt des voitures, observa le déploiement de plusieurs groupes d'hommes qui procédaient, à pied, à une rapide manœuvre d'encerclement vers le convoi venu de Mount Hope. Un court instant, il brancha le dispositif d'écoute extérieur. L'équipe qui avait visité le hangar en revenait et celui qui devait être le chef lança un appel :

— *Y a eu un massacre, là-dedans ! Faites gaffe !*

Bolan ne chercha pas à s'expliquer les propos criés par le type. Il coupa le son et appuya sur le bouton de mise à feu. Immédiatement, un grondement énorme et une stridulation aiguë déchirèrent la nuit. Un panache lumineux fonça en direction de la route, percuta l'asphalte juste devant la calandre du premier camion et explosa dans un jaillissement de feu, de pierres et de terre arrachés à la chaussée. Une deuxième fusée quitta la tourelle, prit une direction légèrement différente pour aller se désintégrer derrière le second poids lourd. En moins de cinq secondes, deux énormes cratères s'étaient creusés dans la route, interdisant tout repli aux conducteurs qui d'ailleurs quittèrent précipitamment leurs cabines et s'enfuirent dans une folle course en direction opposée du lieu de rassemblement.

Le troisième oiseau de feu quitta la tourelle à l'instant précis où des faisceaux de phares issus des six véhicules de Daglione inondèrent le hangar et le chemin d'accès d'une lumière violente qui découpa des ombres dures loin derrière la scène. L'engin explosa sous la voiture de queue, la propulsant à plusieurs mètres de hauteur et coupant la retraite au convoi.

Instantanément, les occupants des autres voitures jaillirent de leurs caisses pour tenter d'échapper au rideau lumineux aveuglant et se mettre à couvert. Au même instant, une fusillade éclata en provenance des hommes de Daglione qui se lançaient à l'assaut, mitraillant tout ce qui bougeait devant eux et progressant par bonds successifs. Un nouveau grondement fit vibrer le toit du gros GMC de combat, signalant le départ d'une quatrième charge offensive. Celle-ci tomba sur la Cadillac de Morana dont les débris se dispersèrent dans un rayon de plus de cinquante mètres, criblant au passage des soldats qui n'avaient pu trouver un abri à temps. Des silhouettes couraient en tous sens, certaines tiraillant d'une façon désordonnée sur des adversaires mouvants, d'autres hurlant ou tourbillonnant sous l'effet des balles qui les lacéraient.

En quelques secondes depuis l'ouverture des hostilités, c'était la pagaille la plus totale chez les hommes de Figarone. Malgré l'épaisseur des parois du mobil home, Bolan percevait leurs cris au milieu de la fusillade. Anna s'était recroquevillée sur son siège et se bouchait les oreilles avec ses poings, une expression d'horreur sur le visage. Elle commençait à comprendre ce qu'avait voulu dire l'Exécuteur lorsqu'il lui avait précisé, quelques heures plus tôt : « c'est ça la guerre contre la Mafia ». En fait de guerre, il s'agissait de l'enfer. Elle se demandait si elle était en plein cauchemar ou si elle entendait réellement les hurlements déchirants poussés par les blessés et les mourants, si elle voyait avec ses yeux cette scène monstrueuse où se déchaînait la folie des hommes. Ça lui semblait impossible. Et pourtant, le grand type vêtu de noir qui opérait calmement ses appareils compliqués à côté d'elle, qui était devenu le chef d'orchestre d'un abominable concert de violence et de mort, ce type-là était bien réel. Infiniment réel et présent au point qu'elle ressentait physiquement les courants vibratoires et le magnétisme qui l'animaient. Même ses pensées lui paraissaient imprégner son propre cerveau avec une intensité douloureuse. C'était un mélange de froideur quasi inhumaine, de dureté, de précision, mais aussi d'une grande peine qui semblait l'habiter tout entier, comme issue d'un souvenir infiniment trop lourd à supporter et qui rayonnait autour de lui avec force. Cet homme n'avait plus rien de l'amant attentionné et tendre qui l'avait tenue dans ses bras un peu plus tôt et qui lui avait fait connaître un instant beaucoup trop court de vrai bonheur. Mack Bolan n'était plus un homme en cet instant. Du moins le pensait-elle. C'était une machine à tuer, glaciale et terriblement efficace. C'était peut-être aussi le Diable, se demanda-t-elle en quittant un instant le spectacle des yeux pour l'observer. Pourtant, elle ne vit nulle cruauté sur son visage, pas la plus petite expression de satisfaction sadique. C'était à n'y rien comprendre. Ou plutôt, si. Elle comprit en un éclair. Elle sut brusquement pourquoi il s'acharnait ainsi sur ces hommes hurlants et déchiquetés par la mitraille.

Mack Bolan était en train de régler le tir d'un lance-grenades équipant une portière de véhicule. Il expédia coup sur coup trois grenades incendiaires et trois autres à charges fumigènes.

Des gerbes de feu se développèrent en plusieurs points au milieu des voitures déjà sinistrées, happèrent des silhouettes trop proches et les transformèrent en brûlots dont les cris hystériques de nouveau traversèrent à distance l'épaisseur de la carcasse du véhicule. C'était une vision insoutenable, mais elle venait de décider qu'elle regarderait jusqu'au bout sans faiblir, dût-elle en garder pendant d'innombrables années le souvenir. Elle avait enfin compris.

Mack Bolan portait en lui une blessure morale qui jamais ne se cicatriserait. Elle avait entendu parler de ce qu'on lui avait fait, à travers sa famille. Mais pourtant il ne se vengeait pas, elle en était désormais certaine. Bolan lui avait dit qu'il éliminait la racaille pour tenter de l'empêcher de dévorer les gens sans défense, ceux qui faisaient confiance à la justice et que la justice n'était pas en mesure de protéger. Maintenant, elle savait ce que cela signifiait et qu'il n'y avait qu'une façon de s'y prendre. Tuer. Tuer et tuer encore des êtres immondes pour qui l'honnêteté, la dignité et la compassion pour autrui n'étaient que des mots dérisoires.

Anna Daglione, à présent, savait qui était le grand homme noir et glacial, et pourquoi il combattait. Pour un idéal. Pour le respect de ce qui restait encore dans la société comme valeurs morales. Pour que d'autres puissent vivre en paix, avoir des enfants et connaître une existence normale sans risquer de se faire abuser, détrousser, violer ou torturer par des vampires pour lesquels le seul idéal était l'argent et la puissance. La domination sur un abominable terrain de chasse.

Mais c'était une tâche immense, insurmontable. Jamais il ne pourrait en venir à bout.

Elle trembla nerveusement en entendant un nouveau grondement au-dessus de sa tête. Cette fois, un oiseau de feu se dirigea en un éclair sur le devant du hangar dont il désintégra la porte métallique tout en occasionnant des victimes supplémentaires. Puis une épaisse fumée commença à se répandre sur le théâtre opérationnel, noyant le spectacle de violence dans un rideau opaque parcouru de lueurs d'incendie.

Le récepteur couplé au scanner se mit à émettre des messages en provenance de voitures de police. Le vacarme avait été entendu. L'alerte était donnée et les flics seraient là dans quelques instants.

Après un coup d'œil à sa montre, Bolan ouvrit une portière et annonça :

— Restez ici. J'en ai pour quelques instants.
— Où allez-vous ? s'écria-t-elle.

La réponse de Bolan lui glaça le dos :

— Finir le travail. Ne bougez surtout pas. Tant que vous êtes à l'intérieur, vous ne risquez rien.

Il s'empara du mini-Uzi, descendit du véhicule dont il referma la portière et bloqua les sécurités.

A travers le pare-brise, elle le vit s'éloigner, silhouette sombre et confuse, puis il disparut rapidement, ombre parmi les ombres de la nuit. Il franchit au pas de course la distance qui le séparait de l'épicentre du combat, s'inséra sans difficulté dans la zone sensible sous le couvert d'arbres en bordure du chemin. Il aperçut de nombreux cadavres sur son trajet, abattit d'un coup de son Beretta un soldat hargneux qui commençait à diriger un PM dans sa direction, puis un autre qui faillit le heurter en sortant précipitamment de la fumée de camouflage. Il tua aussi trois types planqués derrière la carcasse éventrée d'une voiture et qui envoyaient sporadiquement de courtes rafales en direction de la lumière qu'émettaient encore quelques véhicules intacts du clan Daglione. Il atteignit la porte éventrée du hangar, fit quelques pas à l'intérieur et observa l'espace autour de lui. L'endroit était vide, à part quelques cartons d'emballages entassés pêle-mêle dans un coin et six cadavres truffés de plomb dont le sang s'était accumulé en une grande flaque commune. C'était récent. Si la drogue avait été là, quelqu'un s'était occupé de la faire disparaître.

Une conclusion logique s'imposa à l'Exécuteur. Il n'avait qu'un très court instant pour en vérifier l'exactitude avant l'arrivée des flics.

CHAPITRE XVI

Ernesto Daglione avait bien cru réussir son coup de main avec la facilité née de l'effet de surprise. Il y était d'ailleurs presque parvenu. Très vite, cela avait été la débandade chez les hommes de ces deux enfoirés. Dès le départ, il avait eu la certitude d'une victoire rapide et totale, ce qui l'avait décidé à prendre personnellement part à l'expédition. Il voulait savourer de visu l'extermination de ceux qui lui avaient volé son territoire et l'avaient ridiculisé aux yeux de la *Commissione*. Mais une partie du champ de bataille s'était déplacée. Des soldats adverses avaient réussi une percée dans les rangs de Ness et il se trouvait maintenant pris à revers, coincé par trois ou quatre salauds qui n'arrêtaient pas de lui tirer dessus avec des flingues de gros calibre. Son garde du corps était mort, touché par un projectile qui lui avait arraché la moitié de la tête. Son chauffeur avait subi le même sort, fusillé au volant par une décharge de riot-gun et lui, Ness Daglione, se tenait maintenant dans une position grotesque, recroquevillé derrière sa

Rolls dont la belle carrosserie était criblée d'impacts. Il tirait de temps en temps des coups de feu avec un Colt .45 ACP qu'il avait sorti d'un placard de sa demeure de Greenhills, emballé dans un papier huilé, et dont il croyait qu'il ne servirait jamais plus. Mais Ness n'était pas un dégonflé. A son âge, il savait encore comment s'y prendre avec les petites vermines du genre de Morana et consort. Il n'avait pas cru non plus qu'il se ferait piéger aussi stupidement par des soldats enragés comme ceux qui l'obligeaient pour l'instant à se terrer dans une position indigne d'un *capo*. Et pourtant, c'était arrivé. Il était dans la mouscaille jusqu'au cou, avec un chargeur presque vide et la perspective, à brève échéance, de se faire trouer la tête ou égorger par des mains malpropres.

Bepo Rastelli avait vu Morana mourir sous ses yeux, transpercé de part en part par une rafale de PM. Il ne savait pas où était passé son patron, Figarone, au milieu de l'ahurissante mêlée survenue comme un déluge de plomb et de feu. Peut-être était-il mort lui aussi. Bepo avait entendu les grosses explosions, avait pu constater les dégâts provoqués et avait pensé à un tir d'artillerie comme il en avait connu durant la guerre du Viêt-nam. Il avait deviné qui était responsable de l'attaque. Un seul nom pouvait être envisagé : Daglione. Daglione que Manny avait cru mettre tranquillement sur la touche en le baratinant. Et il avait aperçu Ness qui se planquait bien tranquillement dans sa caisse de luxe en attendant que finisse le massacre de tous ces pauvres gars. Avec trois hommes, Bepo avait tenté et réussi une percée jusqu'à la Rolls et à présent la vieille pourriture de Ness n'avait plus aucune chance de s'en sortir. Il lui ferait bouffer son chargeur entier et lui en viderait un autre dans les tripes. Subitement, un formidable coup de feu retentit à faible distance et Bepo vit le sang jaillir de la gorge du soldat qui se tenait à côté de lui. Une seconde détonation fracassante désintégra le haut du crâne du deuxième tireur dont le corps bascula par-dessus le muret en ruine derrière lequel il se protégeait. Le chef de la garde se retourna, l'œil fébrile, cherchant sa cible. Et il vit. La haute silhouette sombre se découpait devant le rideau de fumée parcouru des lueurs de l'incendie, braquant sur Bepo un flingue énorme comme il n'en avait jamais vu.

— Merde ! eut-il le temps d'articuler avant de mourir dans un aboiement monstrueux qui l'expédia plusieurs mètres en arrière.

Il avait vu Bolan le Fumier. Il avait vu la mort faite homme mais il n'irait le raconter à personne. Sa tête s'était décollée de son torse et roulait encore sur l'herbe mouillée quand l'Exécuteur reprit sa marche vers ce qu'il cherchait. Il contourna la Rolls en quelques enjambées silencieuses, planta son regard sur la nuque de Daglione qui commençait à risquer un regard par-dessus la luxueuse carrosserie transformée en épave et dit d'une voix désincarnée :

— Tu comptes les billes qui te restent, Ness ?

Daglione fit un ahurissant bond sur place et se

retourna d'un bloc, fixant l'apparition avec des yeux exorbités.

— C'est... c'est toi ! s'exclama-t-il, la respiration courte.

— Tu raisonnes bien, fit Bolan qui lui adressa un sourire ironique.

L'autre essayait de réfléchir, se demandant comment la combinaison noire pouvait être arrivée ainsi sans crier gare. Il demanda :

— Les explosions, c'était toi ?
— Ouais.
— Dis, heu... Je crois que ça nous a donné un sacré coup de main.

— Exact. Tu n'étais pas ma cible. J'ai liquidé aussi les gus qui te canardaient.

— Je suppose que je devrais te dire merci, hein ?

— Négatif. Je ne voulais pas que tu meures maintenant.

— J' comprends pas.

— On est encore en compte, tous les deux. Tu as triché, Ness.

— Merde, explique-toi...

A une centaine de mètres d'eux, la fusillade crépitait encore, beaucoup moins soutenue, mais il y avait encore des îlots de résistance de part et d'autre.

— Où est la came ? questionna calmement Bolan.

— Mais je vois pas où tu veux en venir !

Le Colt .45 pendait vers le sol au bout du bras de Daglione qui avait sans doute estimé que ses chances étaient maigres.

— Tu as encore trois secondes à vivre, lui

indiqua Bolan en pointant le canon de l'AutoMag sur son visage crispé.

— Hé ! Fais pas le con, Bolan. D'accord, je vais te le dire. La *horse* est à Finneytown, dans un entrepôt.

— Là où tu as pris un rendez-vous avec Manny ?

— Tu sais ça aussi ?

— Donne-moi un peu plus de précision.

Daglione indiqua l'intersection de deux routes à l'amorce du village. Il demanda ensuite :

— Comment est-ce que tu as compris pour la came ?

— Très simplement. Tu savais où elle était planquée et tu as envoyé une équipe pour la récupérer après avoir liquidé la troupe de garde. C'était quoi ? Des Libyens ?

Le *capo* cracha par terre d'un air dégoûté.

— Des Iraniens. Ces petits cons avaient traité avec des crouilles !

— Bon. Laisse tomber ton pétard, Ness.

— Tu ne vas pas me tirer dessus ?

— Non.

Le .45 tomba au sol.

— Je peux savoir ? Maintenant, tu peux me dire la vérité.

— Je t'ai dit qu'entre deux maux, il faut choisir le moindre. Je préfère que ce soit une crapule atténuée comme toi qui reste sur place, plutôt que la ville tombe entre les mains d'un autre genre de serpent encore plus venimeux. Et tu n'as presque plus d'hommes, tes combines sont bouffées aux mites. T'as les dents limées, Ness.

— Ah, c'était ça.

— Ouais. A quoi tu t'attendais ? Mais touche seulement une fois à un job pourri et je reviendrai te faire bouffer tes couilles.

C'était un langage qu'un mafioso pouvait comprendre sans équivoque.

Daglione chercha une réponse. Il la trouva en quelques secondes, mais lorsqu'il releva les yeux, la place était vide. La mort noire était repartie comme elle était venue. Aussi silencieuse qu'une apparition d'outre-tombe.

Bolan fit basculer le mini-Uzi de son épaule et marcha le long du périmètre de la mêlée, arrosant les derniers belligérants de brèves rafales de 9 mm parabellum. Il distribua quelques coups de grâce, dégoupilla des grenades qu'il lança contre des tireurs embusqués, tira encore en s'enfonçant dans la fumée, se repérant au bruit des coups de feu qu'il entendait.

Anna avait l'impression qu'une éternité s'était écoulée depuis le départ de l'Exécuteur. Et pourtant, il n'y avait que quelques minutes, peut-être cinq ou six. Elle sursauta lorsque la portière s'ouvrit et qu'elle vit se profiler la silhouette sombre sur le fond de l'incendie. Bolan s'installa au volant et fit démarrer le moteur puis il embraya pour se dégager du champ boueux et rejoindre la route loin au-delà des camions immobilisés.

Elle l'observa longuement. Malgré la pénombre de la cabine, elle s'aperçut qu'il était couvert de poussière et de boue. Sa combinaison était déchirée par endroits, il avait du sang sur le visage.

— Vous êtes blessé, fit-elle.

Il la regarda pendant une seconde, le regard neutre.

— Ce n'est pas mon sang, précisa-t-il comme s'il parlait d'une banalité.

Il brancha le scanner et l'appareil crépita des messages que les policiers s'envoyaient d'une voiture à l'autre. La fréquence *Grid Case* était complètement saturée. Bientôt, des sirènes se mirent à hurler à peu de distance. Bolan fronça les sourcils en écoutant une voix qu'il avait entendue en présence de Carl Lyons :

— *Toutes les unités du secteur Cinq et Six, rejoignez la zone Dix-sept. Magnez-vous. Il y a du Cold Trois dans l'air.*

Il saisit le micro, passa en émission sur la même fréquence, et lança :

— Lieutenant O'Kief. J'ai un message prioritaire pour vous.

— *Qui parle ?* cracha aussitôt le flic du CPD.

— Votre cible numéro Un.

— *Quoi ? Si c'est une blague, dégagez immédiatement la fréquence.*

— Ça n'a rien d'une blague, lieutenant. Faites gaffe en arrivant sur les lieux. Prenez soin des deux gros culs, ils contiennent un système Pershing démonté.

Bolan avait jeté un coup d'œil dans les camions avant de rejoindre le mobilhome. Il avait vu les caisses métalliques militaires plombées.

— *Un quoi ?* hurla le policier.

— Un système Pershing de l'armée. Le tout est à votre disposition, mais ne traînez pas, il reste encore des méchants dans les parages.

— *Bon sang, vous n'avez pas à me dire ce que j'ai à faire,* grogna O'Kief.

Il se calma subitement, se racla la gorge et reprit :

— *Dites-moi, quelles sont vos initiales ? J'ai du mal à vous croire.*

— M. B., prononça Bolan. Ça vous va ?

— *Okay. Mais vous êtes complètement dingue. Vous ne passerez jamais à travers le dispositif.*

— Je prends le risque, ricana Bolan. En fait, je crois que vous vous trompez d'ennemi, lieutenant. Je ne suis pas le bon gibier.

— *C'est ce que quelqu'un m'a déjà dit.*

Un immense soupir passa sur l'antenne avant que le policier reprenne :

— *Et je vais finir par croire que ça pourrait être vrai.*

— Question d'appréciation. Merci en tout cas. J'aurai sans doute un autre cadeau pour vous dans pas très longtemps... Un sacré paquet de came que les *amici* ont importé d'Outre-Atlantique en échange du truc militaire.

— *Ce n'est pourtant pas encore Noël,* ricana O'Kief.

— Non, mais c'est mon jour de bonté avec les braves flics.

— *Arrêtez vos sornettes et déballez votre sac !*

— Plus tard, le moment n'est pas venu, dit Bolan en coupant l'émission.

La partie n'était pas encore terminée. Il restait un travail à faire.

Il arriva sans encombre à Finneytown, gara la caravane à une distance prudente et s'en alla à pied vérifier si Ness avait dit la vérité. Il ne fut pas tellement surpris de s'apercevoir que les lieux étaient déjà occupés. Mais ça ne pouvait pas être par les hommes du *capo* qui avait eu besoin de tous ses effectifs pour le piège de White Oak. Non, il s'agissait d'une tout autre tendance. En passant la tête à travers la vitre à moitié brisée d'une fenêtre, il identifia un visage qu'il avait eu l'occasion de voir sur un fichier électronique.

Voleur volé, grommela-t-il entre ses dents, contournant le bâtiment pour se présenter directement par la porte principale qu'on n'avait pas complètement refermée. L'équipe qui opérait là était tout entière consacrée à une besogne facile à comprendre. Huit hommes étaient en train de hisser sur un chariot élévateur plusieurs gros paquets recouverts d'enveloppes en toile. D'autres ballots attendaient dans un angle de l'entrepôt. Au moins une quarantaine.

Daglione n'avait pas menti, mais il s'était fait coiffer au poteau par un larron qui distribuait des ordres vigoureux à sa petite troupe, les encourageant à presser le mouvement. Dehors, un camion attendait de recevoir son chargement de drogue.

Le larron en question se nommait Mario Gianelli.

Comment avait-il été informé de la carambouille de Daglione ? Bolan n'avait pas le temps de chercher une réponse à la question. Le *capo* de Manhattan avait probablement espionné Morana pour savoir si l'affaire n'allait pas lui échapper. Il s'était déplacé personnellement, en douce, et avait dû être témoin du coup de vis opéré par Ness.

A présent il récupérait pour son seul usage les marrons tirés du feu. Seulement, il y avait un problème et celui-ci se manifesta sous la forme d'une mortelle quinte de toux métallique qui gicla dans l'entrepôt, issue d'une forme noire et mouvante.

Bolan découpa des pointillés en diagonale dans la poitrine de l'homme qui faisait signe au conducteur du chariot de se mettre en route. Celui-ci, avant de comprendre ce qui arrivait à son compagnon, tressauta sur son siège sous l'impact de six frelons qui le perforèrent de part en part et s'effondra en avant. Deux autres furent criblés de balles hurlantes et moururent instantanément. Cinq secondes après l'irruption de l'Exécuteur, il ne restait plus que quatre mafiosi qui couraient pour se mettre à l'abri derrière les ballots de drogue, lâchant quelques coups de feu sans conviction derrière eux. Bolan fit tomber son chargeur vide, en encliqueta un autre sous la culasse de l'Uzi et poursuivit son feu meurtrier. Sa longue rafale mit fin à la résistance adverse dans un bain de sang qui inonda le ciment de l'entrepôt et transforma les sacs empilés en de gros saucissons rouges et dégoulinants. Il ne restait plus que Mario Gianelli. Bolan le débusqua de derrière une caisse en bois en lui expédiant deux grenades à fragmentation. Son cadavre monta à la verticale, emporté par la double explosion de chédite, et retomba en plusieurs morceaux sur le sol.

C'était terminé. La guerre de Cincinnati avait pris fin.

S'approchant d'un sac éventré, l'Exécuteur préleva un peu de poudre blanche sur le bout de ses doigts et la goûta. C'était de la morphine base. Il y en avait suffisamment pour intoxiquer un peu plus des dizaines de milliers de drogués et en pourrir d'autres auxquels les petits revendeurs de la Mafia auraient proposé le paradis artificiel.

Il sortit du local dont il referma la porte coulissante et rejoignit le GMC, branchant tout de suite sa radio en émission sur la fréquence *Grid Case*.

Le lieutenant O'Kief se demandait s'il rêvait. Ce type incroyable lui avait annoncé où il pourrait trouver cinq tonnes de drogue et il n'en avait tout d'abord pas cru un seul mot. Maintenant, il avait devant lui les sacs de came ainsi que huit cadavres et il s'efforçait de penser que tout cela était réel.

— C'est bien de la morphine, précisa le sergent Peter Manetti en lui montrant un petit tas de poudre blanche qu'il avait disposé sur sa main. Dites, vous entendez, lieutenant ?

Mais O'Kief était dans un songe personnel, en train de se demander de quelle façon il lui fallait modifier la conception de son travail.

Durant sa longue carrière de flic, il en avait vu de toutes sortes. Mais là, ça dépassait l'imagination.

— Hé, lieutenant ! Il y a quelque chose qui ne va pas ? insista Manetti.

— Non, Peter. Tout va très bien. Envoyez un message. L'ordre est de ratisser tout le périmètre de White Oak et de ne laisser échapper aucun survivant du massacre. Ensuite, qu'on suspende l'opération *Grid Case*.

Le sergent eut un large sourire. Il comprenait que l'Exécuteur s'était fait un nouvel admirateur.

EPILOGUE

L'aube apparaissait derrière la colline où les deux hommes s'étaient donné rendez-vous. Un petit vent aigre emportait les derniers nuages en direction du lac Erié.

Carl Lyons regarda le mobil home garé en contrebas puis reporta son attention sur l'Exécuteur pour lui demander :

— Tu vas où, maintenant, Mack ?

— Je n'en suis pas encore sûr, mais ça pourrait être vers le Nouveau-Mexique.

— Tu as eu des informations par là-bas ?

— Je devais m'y arrêter avant d'arriver dans l'Ohio.

— Je préfère ça. Le coin est devenu beaucoup trop chaud. Et après ?

— Je referai sans doute un saut sur la côte Est. J'ai l'impression que les *amici* sont en train de bâtir de nouvelles structures dans le fief de Manhattan.

— Tu devrais te reposer un peu avant de reprendre la piste.

Lyons observait le visage fatigué et mangé par la barbe de son ami. Bolan rigola :

— J'ai besoin de quelques bonnes heures de sommeil. Au sujet de la fille, tu as trouvé une solution ?

Anna Daglione attendait dans la voiture qui avait amené l'agent fédéral. Bolan lui avait souhaité bonne chance pour un nouveau départ dans la vie. Des adieux rapides. Il avait voulu éviter de voir les larmes dans les yeux de la jeune femme.

— Sa famille maternelle est d'accord pour s'occuper d'elle. Ils ont promis qu'ils feraient tout pour qu'elle ait une vie normale et qu'elle oublie Ness Daglione. Celui-là, on l'a ramassé à une dizaine de kilomètres de White Oak. Il mettait tranquillement les bouts à bord d'une Rolls qu'on aurait pu prendre pour une passoire. On va le transférer en taule. Oh, je ne me fais aucune illusion, ses avocats s'arrangeront pour le faire passer pour une victime et il sera remis très vite en liberté, mais O'Kief et ses flics auront constamment un œil sur lui. Au fait, il te fait dire qu'il te remercie beaucoup...

Bolan n'eut apparemment aucune réaction, mais intérieurement il ressentit une onde bienfaisante. Il adressa un clin d'œil à Lyons et lui envoya une claque amicale sur l'épaule.

Puis il remonta dans son char de combat et s'éloigna dans le petit matin.

NE MANQUEZ PAS !...

VIENT DE PARAITRE

S.O.B./KNACK

REMBOURSÉS
Pour l'achat de KNACK "intensité 12"
et de S.O.B. "Baroud à Majorque"

*Frais d'envoi compris.

Après Malko, voici Alexandra.
Aux aventures dangereuses de S.A.S., Alexandra répond par ses aventures amoureuses. Elle nous livre enfin ses secrets, d'une plume gaie, acide, délicate et lucide.
Un univers intensément érotique...

Chez votre libraire :

N° 1 Le Château
N° 2 Le Vicomte irlandais

SERVICE ACTION

par Paul Vence

**Au Service Action,
tout le monde connaît Robert Skal.
Il appartient au Groupe Ecarlate,
l'élite du contre-espionnage français.
Les hommes apprécient son courage,
les femmes son charme slave...
Mais quand la France est en danger,
il est impitoyable.
Comme un squale.**

Chez votre libraire :

N° 1 K COMME KARNAVAL
N° 2 OPÉRATION JACARANDA
N° 3 TORPILLES SUR LE KGB
N° 4 PLAN GALILÉE
N° 5 CLASH A ZAGORA
N° 6 COUP DUR A KOUROU
N° 7 L'AFFAIRE TIBERMANN
N° 8 CHOC A BRISBANE
N° 9 L'ESPIONNE DE BAGDAD
N° 10 EXÉCUTION A NEW ORLEANS
N° 11 SOS FAUCON BLEU
N° 12 L'ŒIL DE MOSCOU
N° 13 CORRIDA POUR UN ESPION
N° 14 UNE BALLE SUFFIT
N° 15 TUEZ BRIGGS
N° 16 MOURIR À PALERME
N° 17 LES CAMIONS DE LA MORT
N° 18 LES KAMIKAZES DE ZAOUDIA
N° 19 POKER A PRAGUE

Hank Frost, soldat de fortune.

Par dérision,
l'homme au bandeau noir s'est surnommé

LE MERCENAIRE

Il est marié avec l'Aventure.
Toutes les aventures.
De l'Afrique australe à l'Amazonie.
Des déserts du Yémen
aux jungles d'Amérique centrale.
Sachant qu'un jour,
il aura rendez-vous avec la mort.

Déjà paru chez votre libraire :

- N° 1 Œil pour œil
- N° 2 Sang et mort au Guatemala
- N° 3 Le commando du IVe Reich
- N° 4 Piste sanglante
- N° 5 L'ultimatum
- N° 6 Raid sur l'Afghanistan
- N° 7 La loi du silence*
- N° 8 Le contrat de la terreur
- N° 9 Les tueurs du Rio-Negro
- N° 10 Terminus Hong Kong
- N° 11 Coup de force à Moscou

* Ce titre est vendu avec Le Survivant n° 1
Guerre totale.

*Achevé d'imprimer en février 1986
sur les presses de l'imprimerie Bussière
à Saint-Amand (Cher)*

— N° d'imprimeur : 187. —
— N° d'éditeur : 11400. —
Dépôt légal : mars 1986.
Imprimé en France